民國文存
94
古代文學研究兩種

羅常培 呂思勉

知識產權出版社

本書由羅常培的《漢魏六朝專家文研究》與呂思勉的《宋代文學》拼合而成。

羅常培的《漢魏六朝專家文研究》從語言學和文學兩個方面來對漢魏六朝時期的文章進行解讀與分析，其論述的範圍涵蓋史學、文學。其中既有對文章淵源及其發展的闡述，又有對文章中關於如何遣詞造句的分析，此外還對文章的文學性展開討論。呂思勉的《宋代文學》分為六章，分別對古文、駢文、詩、詞曲和小說展開分析與討論，論文學中足見深厚的史學功底。上述兩種書，雖是小書，卻是獨到而精深，兩位學者都截取了中國文學史上的一段時期來深入展開探討，足為今天的學界後輩參考與借鑒，也可為當代的文學愛好者閱讀與學習。

責任編輯：文　茜　　　　責任校對：董志英
特約編輯：馬珊珊　吳傑華　責任出版：劉譯文

圖書在版編目（CIP）數據

古代文學研究兩種/羅常培，呂思勉．—北京：知識產權出版社，2015.11
（民國文存）
ISBN 978-7-5130-1775-6
Ⅰ.①古…　Ⅱ.①羅…②呂…　Ⅲ.①中國文學—古典文學研究　Ⅳ.①I206.2
中國版本圖書館CIP數據核字（2012）第307253號

古代文學研究兩種
Gudai Wenxue YanJiu Liangzhong
羅常培　呂思勉

出版發行：	知識產權出版社有限責任公司		
社　　址：	北京市海淀區馬甸南村1號	郵　　編：	100088
網　　址：	http://www.ipph.cn	郵　　箱：	bjb@cnipr.com
發行電話：	010-82000860 轉 8101/8102	傳　　真：	010-82005070/82000893
責編電話：	010-82000860 轉 8342	責編郵箱：	wenqian@cnipr.com
印　　刷：	保定市中畫美凱印刷有限公司	經　　銷：	新華書店及相關銷售網站
開　　本：	720mm×960mm　1/16	印　　張：	10.5
版　　次：	2015年11月第一版	印　　次：	2015年11月第一次印刷
字　　數：	132千字	定　　價：	36.00元
ISBN 978-7-5130-1775-6			

出版權專有　侵權必究
如有印裝質量問題，本社負責調換。

民國文存

（第一輯）

編輯委員會

文學組

組長：劉躍進

成員：尚學鋒　李真瑜　蔣　方　劉　勇　譚桂林　李小龍
　　　鄧如冰　金立江　許　江

歷史組

組長：王子今

成員：王育成　秦永洲　張　弘　李雲泉　李揚帆　姜守誠
　　　吳　密　蔣清宏

哲學組

組長：周文彰

成員：胡　軍　胡偉希　彭高翔　干春松　楊寶玉

出版前言

　　民國時期,社會動亂不息,內憂外患交加,但中國的學術界卻大放異彩,文人學者輩出,名著佳作迭現。在炮火連天的歲月,深受中國傳統文化浸潤的知識分子,承當著西方文化的衝擊,內心洋溢著對古今中外文化的熱愛,他們窮其一生,潛心研究,著書立說。歲月的流逝、現實的苦樂、深刻的思考、智慧的光芒均流淌於他們的字裡行間,也呈現於那些細緻翔實的圖表中,在書籍紛呈的今天,再次翻開他們的作品,我們仍能清晰地體悟到當年那些知識分子發自內心的真誠,蘊藏著對國家的憂慮,對知識的熱愛,對真理的追求,對人生幸福的嚮往。這些著作,可謂是中華歷史文化長河中的珍寶。

　　民國圖書,有不少在新中國成立前就經過了多次再版,備受時人稱道。許多觀點在近一百年後的今天,仍可說是真知灼見。眾作者在經、史、子、集諸方面的建樹成為中國學術研究的重要里程碑。蔡元培、章太炎、陳柱、呂思勉、錢基博等人的學術研究今天仍為學者們津津樂道;魯迅、周作人、沈從文、丁玲、梁遇春、李健吾等人的文學創作以及傅抱石、豐子愷、徐悲鴻、陳從周等人的藝術創想,無一不是首屈一指的大家名作。然而這些凝結著汗水與心血的作品,有的已經罹於戰火,有的僅存數本,成為圖書館裡備受愛護的珍本,或成為古玩市場裡待價而沽的商品，讀者很少有隨手翻閱的機會。

鑒此，爲整理保存中華民族文化瑰寶，本社從民國書海裡，精心挑出了一批集學術性與可讀性於一體的作品予以整理出版，以饗讀者。這些書，包括政治、經濟、法律、教育、文學、史學、哲學、藝術、科普、傳記十類，綜之爲"民國文存"。每一類，首選大家名作，尤其是對一些自新中國成立以後沒有再版的名家著作投入了大量精力進行整理。在版式方面有所權衡，基本採用化豎爲橫、保持繁體的形式，標點符號則用現行規範予以替換，一者考慮了民國繁體文字可以呈現當時的語言文字風貌，二者顧及今人從左至右的閱讀習慣，以方便讀者翻閱，使這些書能真正走入大衆。然而，由於所選書籍品種較多，涉及的學科頗爲廣泛，限於編者的力量，不免有所脫誤遺漏及不妥當之處，望讀者予以指正。

目　錄

漢魏六朝專家文研究 ………………………………… 1

弁言　《左盦文論》之四：儀徵劉申叔先生遺說 ………… 3
一、緒論 ……………………………………………… 4
二、各家總論 ………………………………………… 7
三、學文四忌 ………………………………………… 11
四、論謀篇之術 ……………………………………… 15
五、論文章之轉折與貫串 …………………………… 17
六、論文章之音節 …………………………………… 20
七、論文章有生死之別 ……………………………… 23
八、史漢之句讀 ……………………………………… 26
九、蔡邕精雅與陸機清新 …………………………… 27
十、論各家文章與經子之關係 ……………………… 29
十一、論文章有主觀客觀之別 ……………………… 33
十二、神似與形似 …………………………………… 35
十三、文質與顯晦 …………………………………… 36
十四、文章變化與文體遷訛 ………………………… 38
十五、漢魏六朝之寫實文學 ………………………… 41

i

十六、論研究文學不可爲地理及時代之見所囿 ……………… 44

十七、論各家文章之得失應以當時人之批評爲準 ……………… 47

十八、潔與整 ……………………………………………………… 49

十九、論記事文之夾敘夾議及傳贊碑銘之繁簡有當 …………… 51

二十、輕滑與蹇澀 ………………………………………………… 53

二十一、論文章宜調稱 …………………………………………… 55

宋代文學 ……………………………………………………… 57

第一章　概說 …………………………………………………… 59

第二章　宋代之古文 …………………………………………… 64

第三章　宋代之駢文 …………………………………………… 80

第四章　宋代之詩 ……………………………………………… 93

第五章　宋代之詞曲 …………………………………………… 117

第六章　宋代之小說 …………………………………………… 137

編後記 ……………………………………………………… 151

漢魏六朝專家文研究

羅常培 著

藤花之可敬者，莫如凌霄，然望之如天際眞人，卒急不可招致，是可敬亦可恨也。欲得此花，必先蓄奇石古木以待。否則，無所依附而不生，生亦不大。予年有幾，能爲奇石古木之先輩而蓄之乎？欲有此花，非入深山不可，行當即之以舒此恨。

——錄自《閒情偶寄》

弁言 《左盦文論》之四：儀徵劉申叔先生遺說

曩年肄業北大，從儀徵劉申叔師（師培）研治文學。不賢識小，輒記錄口義，以備遺忘；間有缺漏，則從同學天津董子如（威）兄抄補。兩年之所得，計有：一，羣經諸子；二，中古文學史；三，《文心雕龍》及《文選》；四，漢魏六朝專家文研究四種。日積月累，遂亦裒然成帙。惟二十年以來，奔走四方，未暇理董；復以興趣別屬，此調久已不彈。友人知有斯稿者，每從而索閱。二十五年秋，錢玄同師爲南桂馨氏輯刻《左盦叢書》，亦擬以此入錄，終以修訂有待，未即付刊。非敢敝帚自珍，實恐示人以璞。及避地南來，此稿攜置行篋，朋輩復頻夙我訂正問世。乃抽暇謄正，公諸世人，用以紀念、劉錢兩先生及亡友董子如兄，且以質正於並時之治中國文學者。

三十年三月三日　識於昆明岡頭村北大公舍

一、緒　　論

自兩漢以迄唐初，文學斷代，可分六期：

一，兩漢。此期可重分爲東西兩期；東漢復可分爲建安及建安以前兩期。

二，魏。此期可專治建安七子之文，亦可專治王弼、何晏之文。

三，晉宋。此期可合爲一，亦可分而爲二。

四，齊梁。

五，梁陳。梁武帝大同以前與齊同，大同以後與陳同，故可分隸兩期。

六，隋及初唐。初唐風格，與隋不異，故可合爲一期。

此六期中專門名家甚多，其選擇標準，或以某家文章傳於今者獨多，或以某家文章於文學流變上關係綦鉅。其在兩漢，則司馬遷《史記》及班固《漢書》而外，蔡中郎邕、曹子建植均有專集傳世，可供研誦。魏代王輔嗣弼、何平叔晏兩家之文，傳於今者獨少，而校練名理，實爲晉宋先聲。亦可選修，藉覘異采。降及晉世，潘岳、陸機特秀。士衡文備各體，示法甚多；安仁鋒發韻流，哀誄鍾美。二子而外，兩晉文集，流傳蓋寡。爰逮宋氏，顏延之、謝靈運騰聲。次則沈約《宋書》，敘論擅奇；范曄《後漢》，獨軼前作。傅亮、任昉，書記翩翩；徐陵、庾信，競逐豔藻。斯並當代之逸才，後昆之楷式也。隋迄初唐，習尚未改。扇徐庾之餘韻，標四傑（王勃、楊炯、盧照鄰、駱賓王）之新聲；雖亦綺錯紛披，而江左之氣骨猶在。嘗謂五代以前文多相同，五代以後，乖違乃甚。故治中古文學者，非特可效四傑，卽蘇頲、張説、韓昌黎、李義山之流，亦未嘗不可研覽。然自漢迄唐，可提出研究者甚多，而治一家者固不能不旁及（如任、沈可合觀，徐、庾可合觀。又，研究陸士衡，可溯及蔡中郎之類），治一代者亦不能不遍觀；治一家宜擷其特長（如蔡中郎之碑銘，迥非並時文人所及），治一代貴得其會通（各期之間，變遷甚多；同在一代，每有相同之點）。抉擇去取，要須以各人之體性、才略爲斷耳。此期之參考書，以嚴可均所輯全《上古三代秦漢三國六朝文》（省稱《全文》）最便學者。此書於隋以前文，裒集略備，除史傳序贊外，百遺二三。且斷代爲書，覽誦甚易。故凡專治一代者固不可少此書，即治未有專集之各家者，亦應以此書爲本。

　　文章之用有三：一在辯理，一在論事，一在叙事。文章之體亦有三：一爲詩賦以外之韻文，碑銘、箴頌、贊誄是也；一爲析理議事之文，論説、辨議是也；一爲據事直書之文，記傳、行狀是也。三類之外，又有所謂"序"者，實即"贊"之一種。蓋古文序、贊不分，《後漢書》之"論"即爲《前漢書》之"贊"，論、贊之用，並與"序"同。孔子贊《易》，乃著《繫辭》，是作序有韻，亦非無本。自隋以降，序與記傳無別，據事直書，已失涵蓄之旨。唐宋而後，更於序中發抒議論，則又混入論説。其體裁訛變，正與後代混碑銘於傳狀，且復參加議論者，同一不足爲訓，此研究專家文體所以斷自五代以前也。然六朝以上文體亦有譌誤者，如《文選》中王子淵《聖主得賢臣頌》，據《漢書·王襃傳》考之，本爲"對"體，與東方朔《化民有道對》之類相同，自來未有無韻而可稱頌者。後世因《文選》之誤，而謂頌可無韻，誠不免展轉傳訛矣。

　　文章之體既明，然後各就性之所近，先決定所欲研究之文體，次擇定擅長此體之專家；取法得宜，進益必速，故不可不慎也。大抵析理、議禮之文，應以魏晉以迄齊梁爲法。若嵇康持論，辨極精微；賀循訂制，疑難立解（魏晉以來之議禮文字，杜佑《通典》所收者甚多）。並能陵轢前代，垂範將來。論事之文，應以兩漢之敷暢爲法，而魏晉之局面廓張，亦堪楷式。敘事之文（包括紀傳、行狀而言），應以《史》《漢》爲宗，范曄、沈約蓋其次選。諸史而外，則《水經注》《洛陽伽藍記》之類固可旁及，卽唐宋八家亦不可偏廢。此就文章之用言也。若以文體而論，則箴銘、頌贊，蔡中郞、陸士衡並臻上選；欲求辭旨文雅，亦可參效任昉、沈約、徐陵、庾信。至於兼長碑、銘、箴、頌、贊、誄、說、辨、議、諸體者，惟曹子建、陸士衡二人。任彥昇則短於碑銘、箴頌、贊誄，庾子山則短於論說、辨議。天賦所限，不可強求。且一類之中，亦有輕重：士衡筆壯，故長於碑銘；安仁情深，故善爲哀誄。要宜各就性之所近，專攻一家。"用志不分，乃凝於神。"汪容甫中爲清代名家，而繹其所取法者，亦祇《三國志》《後漢書》、沈約、任昉四家而已。

　　詞例亦爲專門之學，若能應用兪樾《古書疑義舉例》之法，推之於漢魏六朝文學，則於當時用字造句之例，必有剏獲，亦鉅業也。

二、各家總論

　　《史記》及前、後《漢書》今並存在，研究司馬遷、班固、范曄三家者，可資探討。《漢書》太初以前之紀傳，多與《史記》相同，然同叙一事，用字之繁簡各異。例如，《漢書·陳勝列傳》刪削《史記·陳涉世家》之處甚多，而"言皆精鍊，事甚賅密"。宜究其刪削之故，以悟叙事之法。《史記》一書，班固謂其"據左氏《國語》，采《世本》《戰國策》，述楚漢春秋"，亦可以此法參究之。就字句論，《漢書》省，而《史記》繁。衡以劉知幾所謂"叙事之工者，以簡要爲主"，則二書之優劣判矣。由此可悟，凡作紀傳之文，但就行狀本事，晦者明之，繁者簡之而已。又，自魏晉以來，作《後漢書》者甚多。范曄之書，不過因前人成業，重加纂訂。然以《漢學堂叢書·子史鈎沈》中所輯諸家《後漢書》佚文，及汪文臺所輯《七家後漢書》，與之相較，其不同處，一在用字之簡繁，一在行文之簡繁。故同叙一事，而得失自見。亦猶參較《左傳》事實，而後《春秋》之筆削可見；參較裴松之《三國志》注，而後陳壽之筆削可見也。推此可知，記事之文，第一，應看其繁簡得法；第二，應看其文簡事賅；第三，應看其用字傳事之妥帖。後世史書所以不及"前四史"者，即由其"章句不節，言詞莫限"；而《新唐書》及《新五代史》所以差勝舊作者，即以其知尚簡之義而已。

三家之文，風格不同，而皆有獨到處。《史記》以空靈勝，《漢書》以詳實勝，《後漢書》以精雅勝。子長行文之妙，在於文意蘊藉，傳神言外，如《封禪》《平準》兩書，據事鋪叙，不著貶詞，而用數字提空，抑揚自見，此最宜注意處。明歸熙甫以降，論文多推崇《史記》者，蓋以此也。《漢書》用筆茂密，故提空處少，而平實處多。至於《後漢書》記事，無一段不雅，此可以蔚宗以前各家之書推較而知也。

司馬遷之文以《史記》爲其菁華，此外流傳殆鮮。班固之文，於《漢書》外，篇章甚多。范曄之文於《後漢書》外，惟本傳尚存數篇，而《後漢書》之傳、論、序、贊，實其得意之作。舉其佳構，則"江革傳序""黨錮傳序""左雄傳論"，皆可研誦。尤以"黨錮傳序"，夾序夾議，叙事即在議論之中，議論又即在叙事之中，且能"抽其芬芳，振其金石"，字句聲律，並臻佳妙；導齊梁之先路，樹後世之楷模也，宜蔚宗自詡爲"天下之奇作"矣。（以上合論司馬遷、班固、范曄三家。）

漢文氣味，最爲難學，祇能浸潤自得，未可模擬而致。至於蔡中郎所爲碑銘、序文，以氣舉詞，變調多方；銘詞，氣韻光彩，音節和雅（如《楊公碑》等音節均甚和雅）。在東漢文人中尤爲傑出，固不僅文字淵懿，融鑄經誥已也。且如《楊公碑》《陳太丘碑》等，各有數篇，而體裁結構，各不相同，於此可悟一題數作之法。又碑銘叙事與記傳殊，若以《後漢書》楊秉、楊賜、郭泰、陳寔等本傳與蔡中郎所作碑銘相較，則傳實碑虛，作法迥異，於此可悟作碑與修史不同。清李申耆《養二齋文集》，雖雜不成家，而有數篇撫擬伯喈，略得梗概，可參閱之。（以上論蔡邕。）

研究漢人之文，每難確指其得失，及其淵源所自，而研究陸士衡文，則觀其與弟士龍論文書，即可瞭然其文章之得失，及其取法蔡邕，兼采曹植、王、粲之迹。大抵陸文之特色，一在鍊句，一在提空。今人評隲士衡之得失，每推崇其鍊句布采，不知陸文最精彩處，實在長篇大文中能有提空之語。蓋平時之文易於板滯，陸文最平實而能生動者，即由有警策語爲之提空也。（如《豪士賦序》《弔魏武帝文序》之類。）故研究陸文應由平實入手，而參以提空之法，否則雖酷肖士衡，亦祇得其下乘而已。又長篇之文最易散漫，研究陸文者，宜看其首尾貫串及段落分明處，至鍊句布采，猶其餘事也。其記事之文傳於今者甚少。（以上論陸機。）

嵇叔夜文，今有專集傳世。集中雖亦有賦、箴等體，而以論爲最多，亦以論爲最勝，誠屬前無古人，後無來者，研究嵇文者自當專攻乎此。觀其《養生論》《聲無哀樂論》等篇，持論連貫，條理秩然，非特文自彼作，意亦由其自刱。其獨到之處，一在條理分明，二在用心細密，三在首尾相應。果能得其胎息，則文無往而不達，理雖深而可顯。然自魏晉以降，惟顧歡《夷夏論》、張融《門律》之類，尚能承其矩矱，後世不善持論，每以理與文爲二事，故說理之文遂成語錄。邇者哲學昌明，思想解放，儻能紹嵇生之絕緒，開說理之新涂，實文士之勝業也。（以上論嵇康。）

傅季友與任彥昇實爲一派。任出於傅，《梁書》已有明文。（案《梁書·任昉傳》云："王儉每見昉文，必三復殷勤，以爲當時無輩，曰：'自傅季友以來，始復見於任子。'"又云："昉尤長載筆，頗慕傅亮，才思無窮。"）二子之文有韻者甚少。其無韻之文最足取法者，在無不達之辭，無不盡之意，行文固近四六，而詞令婉轉輕重得宜。黃祖稱彌衡之文云："此正如祖意，如祖心中所欲言。"傅、任之作，亦克當此。且其文章隱秀，用典入化，故能活而不滯，毫無痕跡；潛氣內轉，句句貫通，此所謂用典而不用於典者也。今人但稱其典雅平實，實不足以盡之。大抵研究此類文章首重氣韻，浸潤旣久自可得其風姿。至其詞令雋妙，蓋得力於《左傳》《國語》，宜探其淵源，以究其修辭之術。案傅、任所作均以教令、書札爲多，惟以用典入化，造句自然，故迥非其他應酬文字所能及耳。清汪中《述學》頗得傅、任隱秀之致，宜參閱之。（以上論傅亮、任昉。）

六朝文之傳於今者，以沈休文爲最多，而《宋書》實其大宗也。《宋書》爲《三國志》以下最古之史，叙事論斷，並有可觀。其紀傳、叙論亦能夾叙夾議，各有警策。蔚宗而後，此實稱最。至其辨理之文（如《難神滅論》等），源出嵇康，在齊梁之時，固足成家，而以參用藻采，不免浮泛，故與其法沈，無寧宗嵇。其表、啟作法，與任昉同，特不及彥昇之自然耳。（以上論沈約。）

庾子山文雖遜於前述諸家，然亦有可研究者。大抵六朝時人，皆能作四六文，工對仗，善用典，而徐陵、庾信所以超出流俗者，情文相生，一也；次序謹嚴，二也；篇有勁氣，三也。故普通四六，文盡意止，而徐庾所作，有餘不盡。且庾文雖富色澤，而勁氣貫中，力足舉詞，條理完密，絕非敷衍成篇。（如《哀江南賦》等長篇，用典雖多，而勁氣足以舉之。）以視當時普通文章，殆不可同日語矣。有清一代學徐庾者，惟陳其年維崧可望其肩背，宜參閱之。（以上論庾信。）

三、學文四忌

無論研究何家，皆有易犯之通病，舉所宜忌，約有四端。

第一，文章最忌奇僻　凡學爲文章，宜自平正通達處入手；務求高古，反失本色。如明之前後七子、李夢陽、王弇洲輩，爲文遠擬典謨，近襲秦漢；斑駁陸離，雖炫惑於俗目，而鉤章棘句，實乖違於正宗。宜極力戒除，以免流於奇僻，且臨文用字，亦當相體而施。賦主敷采，不避麗言；奇字聯翩，未爲乖體。（如《三都》《兩京》《子虛》《上林》諸篇古字甚多，降至《木華》《海賦》之類用典益爲冷僻，然以並屬辭賦，故尚未可厚非，若易爲誄頌，則乖謬矣。）符命封禪，貴揚王麻；詭言遯辭，可兼神怪。（如司馬相如《封禪》、楊雄《劇秦美新》班固《典引》之類。）自茲而外，無論無韻之論說奏啟，有韻之贊碑頌銘，儻用古字以鳴高，轉令氣滯而光晦；蔡邕、班固、陸機、范曄諸家，未嘗出此也。故揚雄手著《訓纂》，邃於小學。雖《太玄》《法言》，竊擬經傳，《甘泉》《羽臘》，侈陳僻詞，而箴頌奏疏，鮮復類此。而初學爲文，可以知所法矣。若必擬典謨以矜奇，用古字以立異，無異投毛血於殽核之內，綴皮葉於衣袂之中；即使臻極，亦祇前後七子之續而已！然奇僻者，非錘鍊之謂也。試讀蔡中郎、陸士衡、范蔚宗三家之文，何嘗不千錘百鍊，字斟句酌，而用字平易，清新相接，豈有艱澀費解之弊？

是知錘鍊與奇僻，未可混而言之。又《史記》一書，示法甚多，而其文調，不盡可襲。如因擬其成調，以致文義不通，則貌爲高古，反貽畫虎不成之誚，其弊亦與奇僻等耳。

第二，文章最忌駁雜　所謂駁雜，有文體駁雜、用典駁雜、字句駁雜之殊。大抵古人能成家，必有專主；無所專主，必致駁雜。故學爲文章者，或主漢魏，或主六朝，或主唐宋；如能純而不駁，皆克有所成就。若一篇之中忽而兩漢，忽而六朝，紛然雜出，文不成體，有如僧衣百結，雖錦不珍，衛文大布，反爲樸茂；此文體不可駁雜，一也。數典用事，須稱其文；前後雜出，即爲乖體！故碑銘之類，體尚嚴重，鎔經鑄史，乃克堂皇，如參宋明雜書，於文即爲不稱；此用典不可駁雜，二也（專學六朝或唐宋之文者，參用後世典故，猶不爲病）。章有雜句，足爲篇疵；句參雜字，適成句累。故用字宅句，亦貴單純，必須剸裁駁雜，辭采始能調和；此字句不可駁雜，三也。綜茲三患，體純爲難。前人雖有融合各體自成一家者，然於各體之中，亦必有所側重，否則難免流於駁雜矣。

第三，文章最忌浮泛　凡學爲文章，無論有韻無韻，皆宜力避浮泛。浮泛者，文溢於意、詞不切題之謂也。自漢魏以迄晉宋，文章雖有優劣，而絕少夸浮。及齊梁競尚藻采，浮詞因以日滋，下逮李唐，益爲加厲。試觀《史記》及前後《漢書》，紀傳旣不浮泛，論贊尤少盈辭。如《後漢書》中黨錮、逸民、江革、左雄、王衍、仲長統諸序論，句各有意，絕無溢詞。蔡伯喈、陸士衡輩，雖在長篇，亦能以文副意。（如陸機《五等論》《辨亡論》等，篇幅雖長，而無敷衍文辭、不與題旨相應之句，故能華而不浮；後人爲之，不能稱是矣。）齊梁以降，則文章浮泛與否，因作家之造詣殊。若任昉、庾信，一代名家，其行文遣詞，鮮溢題外；而湘東草檄，非關序賊，文多夸浮，賢者不免。（《南史·蕭賁傳》湘東王爲檄賁，讀至"賁師南望，無復儲胥露寒，河陽北臨，或有窮廬氈帳"，乃曰："聖製此句非無過似，如體自朝廷，非關序賊。"王大怒。'此文多溢詞之證。）自鄶以下，益可知矣。至於晚唐四六，遠遜梁陳，而李義山所以獨軼羣倫者，亦以其免於浮泛耳。是知名家與非名家之別，繫於浮泛與不浮泛者至鉅。然浮泛者，非馳騁之所謂也。語不離宗，馳騁無害；文溢於意，浮泛斯成。范蔚宗云："常謂情志所託，故當以意爲主，以文傳意。以意爲主，則其旨自見；以文傳意，則其詞不流。"妙達此旨，殆可免於浮泛之弊矣。

　　第四，文章最忌繁冗　文章與語言之異，即在能斂繁就簡，以少傳多，故初學爲文，首宜戒除繁冗。試觀《史記》《漢書》，非特記事之文言簡事賅，即論贊之類，亦並意繁詞鍊。如《史記·五帝本紀·贊》及《孔子世家·贊》皆寥寥數十字，而含意十餘層；若盡舉其意，衍爲白話，再卽白話譯爲文言，則文之繁蕪，奚啻倍蓰？至於《漢書》字句，尤較《史記》精鍊，凡《史記》中有可省者，《漢書》並爲刪削。試以《史記》《項羽本紀》《陳涉世家》與《漢書》項籍、陳勝兩傳對較，則可知其繁簡之異矣。惟欲繁就簡之術，非皆下筆自成，實由錘鍊而致。如作記事之文，初藁但求盡賅事實，而後視全篇有無可刪之章，每章有無可節之句，每句有無可省之字；必使篇無閒章，章無贅句，句無冗字，乃極簡鍊之能事。推之有韻或四六之文，亦當文簡意賅，不貴詞蕪無常。試觀蔡伯喈所作碑銘，凡兩句可包者，絕不衍爲四句。使齊梁人爲之，即不能如此，然文之有關開合者，刪之則氣促；詞之堪作警策者，刪之則氣薄。既與冗贅不同，即當不予剪截，斯則神而明之存乎其人矣。至於嵇叔夜之《聲無哀樂論》及《宅無吉凶攝生論》，析理綿密，立意深刻；

陸士衡之《五等論》及《辨亡論》，或記典制因革，或溯歷代亂源，皆因意富而篇長，不由詞蕪而文冗。使出沈休文、任彥昇手，篇幅尤當倍之。若此之類，蓋與繁冗異致矣。

綜此四端，胥爲厲禁，初學爲文，宜詳審之。

四、論謀篇之術

劉彥和云："夫人之立言，因字而生句，積句而成篇。篇之彪炳，章無疵也；章之明靡，句無玷也；句之清英，字不妄也。"此謂立言次第，須先字句而後篇章；而臨文構思，則宜先篇章而後字句。蓋文章構成，須歷命意、謀篇、用筆、選詞、鍊句五級。必先樹意以定篇，始可安章而宅句。若術不素定，而委心逐辭，異端叢至，駢贅必多！故無論研究何家之文，首當探其謀篇之術。謀篇者，先定格局之謂也。以《史記》《漢書》言之：《史記·蕭曹列傳》，歷敘生平，首尾完具；《孟荀列傳》，藉二子以敘當時之人；《管晏列傳》，但載其逸文逸事，凡見於二子之書者皆屏而不敘；至於《伯夷列傳》，幾全爲議論，事實更少。夫同爲列傳，而體變多方，設非先定篇法，豈能有若許格局？是知文章取材，實由謀篇而異，非因材料殊異，而後文章不同也。《漢書》王吉、貢禹列傳以四皓事敘入篇中，與《史記·孟荀列傳》之例正同；作史貫串之法，於此可見。又《五行志》記載京房、董仲舒之言，於其學術思想，可窺厓略；是讀史非特有關敘事，抑且有裨考據矣。再就蔡中郎之文論之，其所爲碑銘，往往一人數篇，而篇法各異。（如《楊公碑》《胡公碑》《陳太丘碑》等，皆然。）如《陳太丘碑》，共有三篇：一篇，但發議論，不敘事實；兩篇，同敘事實，而一詳生前，一詳死後。使非謀篇在前，安能選材各異？世謂碑銘之文千篇一律，惟修辭有工拙者，豈其然乎？是知作文之法，因意謀篇者其勢順，由篇生意者其勢逆；名家作文，往往盡屏常言，自具杼柚，即由謀篇在先，故能馭詞得體耳！陸士衡文，可就《辨亡論》以考其謀篇之術。此論上下兩篇，意思相連，而重要結論皆在下篇末段，蓋必先定主旨篇法，而後將事實填入，此所謂先案後斷法也。任彥昇所爲章表，代筆甚多，然或因所代不同，而口氣異致；或因一人數表，而前後殊途。並由謀篇在先，始能各不相犯。推此可知，六朝人所作章表貴在立言得體，而不在駢羅事實，不肯割愛，轉爲文累。即如《史記》之管晏、伯夷等傳所以篇法奇特、不落恆蹊，亦以其捐棄事實，肯於割愛而已。然文章亦有不能割愛者，如嵇叔夜之《聲無哀樂論》等，彌綸羣言，研精一理，必使心與理合，彌縫莫見其隙；辭共心密，敵人不知所乘。儻不考慮周詳，難免授人以柄。自此而外，作碑銘者，如欲歷數生平，宏纖畢備；論事理者，如欲臚陳往跡，小大不遺；必至繁蕪冗長，生氣奄奄，此並不知謀篇之術，而吝於割愛者也。至於庾子山文，亦知謀篇之法。如《哀江南賦》先敍其家世，而後由梁之太平，敍及梁之衰亂，層次分明，秩然不紊。必當先定格局，而後選詞屬文，始能篇幅甚長，而不傷於繁冗。故無論研究何家之文，均須就命意、謀篇、用筆、選詞、鍊句五項，依次求之；謀篇既定，段落即分。大抵文之有反正者，即以反正爲段落；無反正者，即以次序爲段落。（如論說之類有反正兩面，碑銘即無反正，頌不獨無反正，且無比喻。匡衡、劉向之文以正面太少，故用比喻甚多。）模擬古人之文，能研究其結構、段落、用筆者，始可得其氣味；能瞭解其轉折之妙者，文氣自異凡庸。若徒致力於造句鍊字之微，多見其捨本逐末而已矣。

五、論文章之轉折與貫串

古人文章之轉折最應研究，第在魏晉前後，其法即不相同。大抵魏晉以後之文，凡兩段相接處皆有轉折之迹可尋，而漢人之文，不論有韻無韻，皆能轉折自然，不著痕迹。試觀蔡邕所作碑銘，序文頭緒雖繁，而不分段落事蹟自明；銘詞通體四言，而不改句法轉折自具。例如，《胡公碑》以"七被三事，再作特進"八字消納胡廣屢次之黜陟（《四部備要》據海原閣校刊本《蔡中郎集》卷四、頁六，嚴可均輯《全後漢文》卷七十六、頁四），《范史雲碑》以"用行思忠，舍藏思固"八字賅括范丹一生之出處（本集卷二、頁十五，《全後漢文》卷七十七、頁八）。而各篇序文亦並能硬轉直接，毫不着力。此固非伯喈所獨擅，即普通漢碑亦莫不然。使後人爲之，不用虛字則不能轉折。（如事之較後者必用"既而""然後"，另起一段者必用"若夫"之類。）不分段落則不能清晰未有能如漢人之一氣呵成，轉折自如者也。

《史記》《漢書》之所以高出後代史官者，亦在善於轉折。自《晉書》以下，欲於一傳之內叙述數事，非加浮詞則文義不接，非分段落則層次不明，故其轉折之處頗着痕迹。其在《史記》《漢書》，則雖叙兩事而文筆可相鈎連，不分段落而界劃不至漫滅，此其所以可貴也。例如，《史記》封禪、河渠二書，自三代叙至秦漢，歷年甚久，引據之書亦非一類（《封禪書》參用羣經及《管子·封禪》篇，《河渠書》用《禹貢》及雜書），而各能一爐並冶，自然融和。又如《五帝本紀》及夏殷周本紀多用《尚書》，但或採書序古文說，或採當時博士說；或逕襲原文，或以訓詁字易本字；而儼然抄自一書，不嫌駁雜。又如，《趙世家》多用《左傳》，但記程嬰、公孫杵臼立趙後，及趙簡子夢之帝所射熊羆事，即不見於《左傳》《國語》，而能貫成一氣，如天衣無縫。此並《史記》善於轉折處也。

《漢書》武帝以前之紀傳十九與《史記》同，但其不見於《史記》者，轉折亦自可法。如賈誼之《治安策》原散見於《賈子新書》，而前後次序與此迥異，經孟堅刪併貫串，組織成篇，即能一脈相承，毫不牽強。又如《董仲舒傳》對江都王語原見於《春秋繁露》"對膠西王越大夫不得爲仁"篇，雖顛倒錯綜，繁簡異致，而能前後融貫，不見斧斲痕迹。推此可知，《漢書》刪節當時之文必甚多，特以原文散佚已久，而孟堅又精於轉折，故難考見耳。

至於《後漢書》列傳中所載各家奏議論事之文，大都經范蔚宗潤飾改刪。試與袁宏《後漢紀》相較，則范氏或刪改其字句，或顛倒其次序；草創潤色前後不同，轉折之法於焉可見。例如《蔡中郎集》有《與何進薦邊讓書》（本集卷八，《全後漢文》卷七十三），《後漢書》採入《文苑·邊讓傳》（《後漢書》卷一百十下），但錘鍊字句，裁約頗多；以其始終貫串，轉折無迹，如不對照原作，即毫不覺其有所改刪，此最堪後學玩味者也。

然自魏晉以後，文章之轉折，雖名手如陸士衡亦輒用虛字以明層次。降及庾信，迹象益顯。其善用轉筆者，范蔚宗外當推傅季友、任彥昇兩家。兩君所作章表詔令之類，無不頭緒清晰，層次謹嚴，但以其潛氣內轉，殊難劃明何處爲一段、何處轉進一層，蓋不僅用典入化，即章段亦入化矣。至於其他六朝人之文章，如顏延年《曲水詩序》，陸佐公《新刻漏銘》之類，段落皆甚顯明，即不能稱是。凡作排偶文章，於轉折處之兩聯往往以上聯結前，下聯啟後。此雖非轉折之上乘，但勉強差可。若每段必加虛字，或一篇分成數段（如作壽序分爲幼年、中年、晚年之類），不能貫成一氣，則品斯下矣。清代常州駢文甚爲發達，而每篇常用數字分段，此即才力不足之徵。即用虛字過多，亦爲古人所無。蓋文章固應有段落，而篇篇皆可劃出，即不甚佳。如《史記》《漢書》前後相接之處，如藕斷絲連，若絕若續。後人所劃之段落未必盡然。他如蔡中郎、傅季友、任彥昇各家文章❶之段落，亦皆不易截然劃分者也。

　　文章貫串之法甚難。所謂貫串者，例如，《漢書·地理志》載某縣有某官，《百官公卿表》即略之。蓋此官以地爲主，既見於《地理志》，後人即可藉知漢代官制有此一職矣。又如《史記·五帝本紀》中，帝堯後半之事蹟多與帝舜前半之事蹟相同；《齊世家》後半與《田敬仲世家》前半，及《晉世家》後半與韓魏趙三世家前半亦多關涉。但均能錯綜遞見，絕不重犯。又同一事蹟，或表詳而世家、列傳略，或傳詳而紀略，或紀詳而傳略，亦均參互照應以成章法，此記事文之通例也。大抵文章有一篇自成章法者，有合一書而成章法者，零雜篇章自應各具起訖，既合若干篇以成一書即應全書相爲終始。此非特《史》《漢》爲然，即《後漢書》亦然。例如，《後漢書·黨錮列傳》既有專篇，則相關各人之本傳即甚簡略。實則篇章之作法亦不能外是：一篇之應互有詳略，亦猶兩傳之互有詳略，不相重複也。

---

❶ 依上下文意，書意爲章。——編者註

六、論文章之音節

　　古人文章中之音節，甚應研究。《文心雕龍·聲律篇》即專論此事。或謂四聲之說肇自齊梁，故唐以後之四六文及律詩乃有聲律可言，至古詩與漢魏之文則無須講聲律；不知所謂音節既異四聲，亦非八病。凡古之名家，自蔡伯喈以至建安七子、陸士衡、任彥昇、傅季友、庾子山諸人之文，誦之於口無不清濁通流，脣吻調利。即不尚偶韻之記事文，亦莫不如是。例如，《史記》敘事每得言外之神，嘗有詞在於此而意見於彼之處。以其文中抑揚頓挫甚多，故可涵詠而得其意味。此《平準》《對禪》兩書《貨殖》《遊俠》《伯夷》諸傳所以可誦也，至於譜錄薄籍之文，如《史記》《三代世表》《十二諸侯年表》，及《漢書》《地理志》《藝文志》之類，皆無音節可誦。除此之外，《史記》固十之八九可誦，即《漢書》之《食貨志》《郊祀志》亦並音節通流，毫不塞礙。其紀傳後贊與《兩都賦》後之《明堂詩》《靈臺詩》尤爲雅暢和諧，爲孟堅文中音節之最佳者。蔡中郎有韻之文所以高出當時，即以其音節和雅耳。東漢一代之文皆能鎔鑄經誥，惟餘子僅採用經書之字句組成，而伯喈則能涵詠詩書之音節，而摹擬其聲調。不講平仄而自然和雅，此其所以異於普通漢碑也。至於建安七子之文，愈講音節。劉彥和云："洎夫建安，雅好慷慨"，以其文多悲壯也。（例如，陳琳《爲袁紹檄豫州

六、論文章之音節

文》，壯有骨鯁，克舉其詞。）大凡文氣盛者，音節自然悲壯；文氣淵懿靜穆者，音節自然和雅。此蓋相輔而行，不期然而然者。阮嗣宗之文氣最盛，故其聲調最高，亦自然而致也。自魏晉以迄唐世，文章漸趨四六，其不能成誦者蓋寡。文章所以不能成誦，厥有二因：一由用字不妥貼。爲文選字甚難，儘有文義甚通，而與音節相乖，以致聲調不諧者。一由用字過於艱深。用字冷僻，則音節易滯。倘有意求深，即使辭句古奧，而音節難免艱澀。清代常州董祐誠、繼誠兄弟之文，以古書及冷字、僻典堆砌成篇，而誦之不成音節，此與壁壘堅固，空氣不通奚異？文之音節本由文氣而生，與調平仄、講對仗無關。有作漢魏之文而音節甚佳，亦有作以下之四六文而不能成誦者，要皆以文氣疏朗與否爲判。莊子云："閬谷生風"，此之謂也。普通漢碑以用經書堆砌成篇，不如蔡中郎文有疏朗之氣，故音節遂遠遜之。范蔚宗文甚疏朗，且解音律，其自序云："性別宮商，識清濁。"沈約諸人多祖述其說。故其文之音節尤可研究。例如，《後漢書·六夷傳序》《黨錮傳序》《逸民傳序》《宦者傳序》諸篇，幾無一句音節不諧，而其諸贊，誦之於口適與四言詩無異。大抵碑、頌、誄、贊各體，皆宜參以魏晉四言詩之音節；倘能涵泳陶靖節《榮木》《停雲》諸篇而施諸碑、銘、頌、贊，則其音節必無窒礙之病矣。

文之音節既由疏朗而生，不可砌實。而陸士衡文甚爲平實，而氣仍是疏朗，絕不至一隙不通，故其文之抑揚頓挫甚爲調利。且非特辭賦能情文相生，音節和諧，即《辨亡》《五等》諸論亦無不可誦。非必徐、庾以降之四六文始有音節也。漢之樂府《孔雀東南飛》《古詩十九首》，及歌謠等，皆可誦之於口。惟專以字句堆砌者亦不能成誦。例如，史游《急就篇》之七字韻語，及柏梁台詩之"枇杷菊栗桃李梅"等，皆此類也。

大凡文之音節，皆生於空。清代汪容甫之文篇篇可誦，繹其所法，亦不過任昉、陳壽數家而已。又陳維崧之文取法雖低，而有音節。至乾隆以後之常州駢文，如董祐誠兄弟所用亦爲三代以上之書，而堆砌成篇毫無潛氣內轉之妙，非特不成音節，文亦甚晦，絕無輝煌之象。孔巽軒雖喜用典，而音節流利，即由其文章有空處耳。唐代李義山用典甚輕，音節和諧，故爲一代名家。然非謂用典過多音節即不調諧也。如庾子山等哀豔之文用典最多，而音節甚諧，其情文相生之致可涵泳得之，雖篇幅長而絕無堆砌之迹。又如任彥昇之文何嘗不用典？而文氣疏朗，絕無迹象，由其能化也。故知堆砌與運用不同，用典以我爲主，能使之入化；堆砌則爲其所囿，而滯澀不靈。猶之錦衣綴以敝補，堅實蕪穢，毫無警策、潔淨之氣。凡文章無潔淨之氣必至沉而且晦，沉則無聲，晦則無光；光晦而聲沉，無論何文亦至艱澀矣。

文章最忌一篇衹用一調而不變化。六朝以上大致文調前後錯綜，不相重犯，即同爲四言而上兩句絕不與下一句相重，此由音節既異，文氣亦殊也。試觀蔡伯喈、陸士衡之文，雖篇篇極長而每段絕無相犯之調。蓋漢人之調雖少而每篇輒數易之。自魏晉以下，則每篇皆有新調。如吳質之書札及陸士衡之《五等論》，即其例也。降及六朝，文調益爲新穎。夫變調之法不在前後字數不同，而在句中用字之地位；調若相犯，顛倒字序即可避免。故四言之文不應句句皆對。奇偶相成，則犯調自尠。如句句對仗，即不免陷於堆砌矣。然自庾子山後，知此法者蓋寡。子山能情文相生且自知變化，尚不爲病，後世無其特長，而學其對仗，長篇犯調，精彩全無。使人觀之，不謂爲修飾不潔，即謂爲音節不佳，結體全無，皆不知變調之過也。

七、論文章有生死之別

文章有生死之別，不可不知。有活躍之氣者爲生，無活躍之氣爲死。文章之最有生氣者，莫過於前三史。《史記》記事最爲生動，後人觀之猶身歷其境。如《項羽本紀》中敘鉅鹿之戰及鴻門之會、垓下之敗（《史記》卷七），皆句句活躍。《周昌列傳》敘諫廢太子，其活躍情形，溢於紙上（《史記》卷九十六）。又《刺客列傳》敘荊軻刺秦王一段，亦鬚眉畢現（《史記》卷八十六）。更就《漢書》而論，如記霍光廢昌邑王一事，前敘太后所著之衣服，繼敘宣讀詔書，而將太后之言挿於其中，當時之情態，即栩栩欲生（《漢書》卷八十六）。至於《後漢書》中郅惲（卷五十九）、范滂（卷九十七）、第五倫（卷七十一）、宋均（卷七十一）、王霸（卷五十）諸傳，敘述生動，亦與《史》《漢》相同。大抵記事文之生死皆繫於用筆：善用筆者，工於摹寫神情，故筆姿活躍；不善用筆者，文章板滯，毫無生動之氣，與抄書無異。夫文章之所以能生動，或由於筆姿天然超脫，或由於記事善於傳神；如畫蝴蝶然，工於畫者旣肖其形，復能傳其栩栩欲活之神，不工於畫者徒能得其形似而已。今欲研究前三史，宜看其文章之生動處皆在於描寫之能傳神也。《元史》固亦有紀、傳、表、志，而但就當時之公牘、官書抄寫而成。記事疏漏，文章直同賬簿，以視《史》《漢》，若天淵懸殊，此由於記事文有生死之別也。

至於其他各體，亦莫不然。試就蔡伯喈、陸士衡、任彥昇諸家研究之，皆可見其文章生動之致。凡文章有勁氣，能貫串，有警策而文采傑出。（即《文心雕龍·隱秀篇》之所謂"秀"）者，乃能生動，否則爲死。蓋文有勁氣，猶花有條幹（即陸士衡《文賦》所謂"理扶質以立幹，文垂條而結繁"。）條幹既立，則枝葉扶疏；勁氣貫中，則風骨自顯。如無勁氣貫串全篇，則文章散漫，猶如落樹之花，縱有佳句，亦不足爲此篇出色也。蔡中郎文，無論有韵無韵，皆有勁氣。陸士衡文則每篇皆有數句警策，將精神提起，使一篇之板者皆活。如圍棋然，方其布子，全局若滯，而一著得氣，通盤皆活。又文章之輕重濃淡互爲表裏；用筆重者易於濃，用筆輕者易於淡，此爲一定之理。陸士衡用筆最重，故文章極濃；蔡中郎用筆在輕重之間，故其文濃淡適中；任彥昇用筆最輕，故文章亦淡。惟所謂濃淡與用典無關。任非不用典之淡，陸亦非全用典之濃。其文境之濃淡，蓋就用筆之輕重而分。任文能於極淡處傳神，故有生氣，猶之遠眺山景，可望而不可及，實即劉彥和之所謂秀也。（每篇有特出之處謂之秀，有含蘊不發者謂之隱。）學任之淡秀可有生氣，學蔡、陸之風格勁氣亦可有生氣。此殆文章剛柔之異耳。陸、蔡近剛；彥昇近柔；剛者以風格勁氣爲上，柔以隱秀爲勝。凡偏於剛而無勁氣風格，偏於柔而不能隱秀者，皆死也。庾子山所以能成家者，亦由其文有勁氣而已。上文言記事之文以善傳神者爲生，而有韵及偶儷之文則以句句安定者爲生。凡不安定之句，多由雜湊而成。篇中多雜湊之句，則亦不能成篇矣。故古人作文最重文思。文思不熟，雖深於文者亦難應手。文至不應手時，即不免於雜湊，此爲文之大忌也。爲文若能先求句句安定，則通篇必能恰到好處，絕無混含之語。又對於前人之書有可刪節、顛倒者，有不能增減、移易者。如《史》《漢》之中，凡後人視爲可合併者，其文固已合併。但如《史記·天官書》及《漢書·五行志》，文皆本於閱覽之象，必須依據前人記載，不能增減一字，故其文甚繁，不以生動爲尚。至於《史記·樂書》，本於《禮記·樂記》，而其次序、詞句，經史公顛倒、合併，以傳神之處甚多。唐人謂褚少孫多顛倒《史記》之次序，亦但就紀傳及樂書之類而言，若《天官書》則絕不能移易也。總之，記事之文有數句傳神之語，文章前後即活；有韵及四六之文，中間有勁氣，文章前後即活。反之，一篇自首至尾奄奄無生氣，文雖四平八穩，而辭采晦，音節沉，毫無活躍之氣，即所謂死也。設陸士衡《弔魏武帝文》（《文選》卷六十）及袁彥伯《三國名臣序贊》（《文選》卷四十七），去其中間警策之數段，則全篇無生氣。故文有警策，則可提起全篇之神，而辭義自顯，音節自高。是知文章之生氣與勁氣、警策互相維繫。生氣又謂之精彩，言有生氣有辭采也。有生氣有風格，謂之警策；有風格有生氣兼有辭采，始能謂之高華。爲文而不能具是三者，不得語於上乘也。

八、史漢之句讀

　　研究《史記》《漢書》者，不可不明其句讀。《史記》之句讀可依《索隱》《集解》各家之說斷之，《漢書》之句讀可依顏師古注辨之，劉攽、宋祁之駁正亦多可從。所以必須辨明句讀者，以句讀明而後意思可明也。且《史》《漢》每句並不苟言，如句讀不清，即文章精神全失。蓋文章本有馳驟及頓挫兩種，《史》《漢》中二者皆不廢。文章有頓挫而無馳驟則失之弱，有馳驟而無頓挫則失之滑。欲明其文中馳驟、頓挫之處，則非明其句讀不可（《史記》有一字句，亦有一句多至二十餘字者）。至於《後漢書》，爲劉宋時人手筆，句讀較爲易求，其餘各家之句讀則以有韵及四六之文爲多，亦無須研究。惟研究《史》《漢》者若不明其句讀，即不足以見其章法也。

九、蔡邕精雅與陸機清新

　　研究蔡伯喈與陸士衡之文，應尋古人對於蔡、陸之評論。陸士龍《與兄平原書》，每評論士衡文章之得失。就其所論推其所未論，可資隅反之處頗多。其中有云："往人論文，先辭而後情，尚絜而不取悅澤。嘗憶兄道張公父子論文，實欲自得。今日便宗其言。兄文章之高遠絕異，不可復稱言。然猶皆欲微多，但清新相接，不爲病耳。"（《全晉文》卷一百二，頁四）今觀士衡文之作法大致不出"清新相接"四字。"清"者，毫無蒙混之迹也；"新"者，惟陳言之務去也。士衡之文，用筆甚重，辭采甚濃，且多長篇。使他人爲之，稍不檢點，即不免蒙混或人云亦云。蒙混則不清，有陳言則不新，既不清新，遂致蕪雜冗長。陸之長文皆能清新相接，絕不蒙混陳腐，故可免去此弊。他如嵇叔夜之長論所以獨步當時者，亦祇意思新穎，字句不蒙混而已。故研究陸士衡文者，應以清新相接爲本。

　　至於蔡中郎之文，亦絕無繁冗之弊。《文心雕龍‧才略篇》云："蔡邕精雅"，實爲定評。研治蔡文者，應自此入手。精者，謂其文律純粹而細緻也；雅者，謂其音節調適而和諧也。今觀其文，將普通漢碑中過於常用之句、不確切之詞，及辭采不稱，或音節不諧者，無不刮垢磨光，使之潔淨。故雖氣味相同，而文律音節有別。凡欲研究蔡文者，應觀其奏章若者較常人爲細，其碑頌若者較常人爲潔，音節若者較常人爲和，則於彥和所稱"精雅"，當可體味得之。

惟研究一家之文，有探及裏面者，有但察其表面者。蔡、陸之文，就表面觀之，甚易摹擬，而嵇叔夜《聲無哀樂論》之類（《全三國文》卷四十九，頁一），甚難摹擬。實則不然。如摹擬蔡、陸者只得其貌而遺其神，即使畢肖，亦形似而非神似。況研究一家之文，本應注重其神情，不可拘於句法。如僅將經書中之四字句組合、運用而成篇，則學蔡豈不大易？不知伯喈之文，每篇皆有轉變。如《楊公碑》《胡公碑》《陳太邱碑》等，各篇有各篇之作法，不獨字句不同，即音調亦有變化，絕非湊足四言便可詡爲成功也。陸士衡文亦有特能傳神之處。學陸文者應先得其警策，警策既得，然後從事於鍊句、布采。如徒摹擬其字句，而遺其神韻，亦徒得其表而遺其裏耳。至於嵇叔夜之長論，表面若甚難學，實則摹擬各家者，取術不同。蓋嵇叔夜開論理之先，以能自創新意爲尚；篇中反正相間，主賓互應，無論何種之理，皆能曲暢旁達。善學嵇者宜先構思，新意既得，然後謀篇布勢，再定遣詞之法，或全用比喻，或專就正題立言；務期意翻新而出奇，理無微而不達。苟能如此，則叔夜之精華已得，奚必摹擬其句調？試觀六朝論理之文，絕無抄襲叔夜之詞句者，惟分肌擘理、構思精密之處得之於嵇而已。

無論研究何家，皆以摹擬其神情爲上，而以摹擬其字句者爲下。且蔡、陸之文尚有字句、聲調可擬，而任彥昇、傅季友之文全無形迹可學；即使酷摹其句調，亦難免肖於絲毫。此由任、傅以傳神勝，其佳處超乎字句以外，如僅趨步其字句，則猶人僅有體魄而無靈魂。故凡學任、傅之文者，應得其傳神之妙，不可但擬其用典。如汪容甫文，無一聯一句摹擬任彥昇之詞藻，而善能得其傳神三昧，斯可貴也。又如摹擬徐陵、庾信之文者，亦應得其情文相生之處，而不可斤斤於字句。清代陳其年之文僅於言情處間肖徐、庾，此外但能擬其典故而已。

十、論各家文章與經子之關係

　　欲撢各家文學之淵源，仍須推本於經。漢人之文，能融化經書以爲己用。如蔡伯喈之碑銘、無不化實爲空，運實於空，實敍處亦以形容詞出，與後人徒恃"崢嶸""崔巍"等連詞者迥異。此蓋得諸《詩》《書》，如《堯典》首二段虛實合用，表象之辭甚多。漢人有韵之文皆用此法，而伯喈尤爲擅長。故研究蔡文者，必知其句中之虛實，乃能得其法門。且六朝以後，形容詞用法甚嚴。狀擬君王之詞絕不能施諸臣民。漢文用實典甚少，故可不分地位。如"克岐克嶷"原稱后稷聰明（見《詩經・大疋・生民》篇），而斷章取義，則無妨用之童稚。又漢人用表象之詞比附事實，故可繁可簡；六朝人用史書之典比附事實，故不得不繁；此其大較也。班固之文亦多出自《詩》《書》《春》《秋》，故其文無一句不濃厚，其氣無一篇不淵懿。《周禮》之文未嘗不古質也，然以視《詩》《書》之樸厚，則有間矣。曹子建之文大致亦近中郎，惟濃厚細密間或過之。又研究陸士衡者必先熟讀《國語》。蓋《國語》之文，雖重規疊矩而不覺其繁，句句在虛實之間而各有所指。文氣聚而凝，選詞安而雅，陸文得其法度，遂能據以成家。如《辨亡》《五等》二論（《文選》卷五十三及五十四），每段重疊至十餘句，而句各有義，絕不相犯，斯並善於體味《國語》所致。研究陸文者應於此等處入手。又文章之

29

巧拙，與言語之辯訥無殊。要須嫺於詞令，其術始工。詞令之玲瓏宛轉以《左傳》爲最，而善於運用《左傳》之詞令者，則以任昉稱首。彥昇之文雖無因襲左氏字句之迹，而能化其詞令以爲己有。且疏密輕重各如其人之所欲言，口氣畢肖，時勢悉合，凡所表達無不恰到好處，是真能得左氏之神似者也。

研究各家不獨應推本於經，亦應窮源於子。蓋一時代有一時代流行之學說，而流行之學說影響於文學者至鉅。戰國之時，諸子爭鳴，九流歧出，蔚爲極盛。周秦以後，各家互爲消長，而文運之昇降繫焉。約而論之，西漢初年，儒家與道法縱橫並立。其時文學，儒家而外，如鄒陽、朱買臣、嚴助等之雄辯，則縱橫家之流也；賈誼《新書》取法韓非，則法家之流也。《史記》之文，兼取三家，其氣厚、含蓄之處，固與董仲舒《春秋繁露》爲近，而其深入之筆法則得之法家；採《國策》之文，則爲縱橫家；故與純粹儒家之文不同。

自武帝以迄建安，儒術獨尊，故儒家之文亦獨盛。如班固《漢書》不獨表、志、紀、序取法經說，即傳、贊亦莫不爾。就其文論，氣厚而濃密，淵茂而含蘊，字裏行間饒有餘味，純係儒家風格，與法家迥殊。蓋法家之文，發洩無餘，乏言外之意，說理固其所長，但古質而無淵懿之光；儒家之文，說理雖不能盡，而樸厚中自有淵懿之光。若孟堅，則能備具儒家之特色者也。蔡伯喈之文亦純爲儒家，其碑、銘、頌、贊固多採用經說，即論事之文亦取法《春秋繁露》，而文章之重規疊矩，則又胎息於《荀子》《禮論》《樂論》。故雖明白顯露，而文章自然含蘊不盡。文能含蘊則氣自厚矣。研究班、蔡之文者，能含蘊不盡，即爲有得。又班、蔡之文並淵懿而有光，與古質不同。李斯刻石雖古質而不淵懿，韓昌黎《平淮西碑》摹擬秦刻石，益古質而無光矣。

建安以後，羣雄分立，游說風行。魏祖提倡名法，趨重深刻，故法家縱橫又漸被於文學，與儒家復成鼎足之勢。儒家則東漢之遺韻，法家縱橫則當時之新變也。七子之中，曹子建可代表儒家，其作法與班、蔡相同，氣厚而有光，惟不免雜以慷歎耳。王仲宣介乎儒法之間，其文大都淵懿，惟議論之文推析盡致，漸開校練名理之風，已與兩漢之儒家異貫。蓋論理之文，"迹堅求通，鉤深取極"（《文心雕龍·論說篇》語），意尚新奇，文必深刻，如剝芭蕉，層脫層現，如轉螺旋，節節逼深，不可為膚裹脈外之言及舖張門面之語，故非參以名法家言不可。仲宣即開此派之端者也。至於三國奏章，皆屬法家之文，斬截了當，以質實為主。王弼、何晏之文，所以變成道家，即由法家循名責實之觀念進而為探索高深哲理耳。陳琳、阮瑀並以騁詞為主，蓋受縱橫家之影響而下開阮嗣宗一派。故研究建安文學者，學子建應本於儒，學仲宣溯諸法，學阮、陳應求之縱橫，最近亦當推迹鄒陽；而嵇叔夜之長論，則非參合道法二家之學說不為功。大抵儒家之文能"衍"，法家之文能"推"。中國文學之最深刻者，莫過法家。如韓非《解老》《喻老》及《說難》，層層辯駁，逐漸深入，實議論文之上乘。建安以後，名法盛行，故法家之文亦極發達。如王弼《易略例》《易注》之作法皆出於《解老》《喻老》。至嵇叔夜將文體益加恢宏，其面貌雖與韓非全殊，而其神髓仍與法家無異。綜上所述，可知三國之文學最為複雜也。

降及西晉，法家、道家亦頗發達，而陸士衡仍守儒家矩矱，多"衍"而少"推"，一以伯喈、子建為宗。

是故就人而論，《太史公書》最為複雜；就時代而論，建安最為複雜。若以儒法二家之文相較，則學儒家之文積氣甚難。此惟可意會，不能言傳。多讀西漢初年之篇章，詳味其衍及含蓄，久之自能有光。學法家之文，應先研究其文章分多面，句各有意，字不虛設，章無盈辭；且能屏棄陳義，孚甲新思，考慮周詳，面面完到。自茲入手，庶能得所楷式矣。

十一、論文章有主觀客觀之別

　　文章有主觀、客觀之別,今試就各家之文以說明之。夫文學所以表達心之所見,雖爲藝術而頗與哲學有關。古人之學說,各有獨到之處,故其發爲文學,或緣題生意,以題爲主,以己爲客;或言在文先,以己爲主,以題爲客。於是唯心、唯物遂區以別焉。《史記》雖爲記事之書,而一切人物皆由己意發揮。如《遊俠》《刺客》二傳,所以反映當時之人不如郭解、荆軻;《貨殖列傳》,所以針對《平準書》,以見取民之法猶甚於貿易。與紀、表之惟存古制、並無深意者,迥不相同。至於《封禪書》所以與《禮書》分立者,一以抒己意,一以存古制而已。此外如世家首泰伯,列傳首伯夷,而列傳之題或以姓標,或以名標,或以字標,或以官標,雖並記事實而各有進退。可知《史記》之文主觀固不減於客觀也。後世文學所以不及《史記》者,以其題在意先,就題爲文,屬於唯物的文學;《史記》則意在題先,借題發揮,屬於唯心的文學。唯心能歸納,唯物祇能演繹。《史記》八書,皆先定主意,而後借古今事實以行文。以視《漢書》八志,體裁雖同,而作法則殊。蓋《漢書》爲存一代之掌故,以記事淵茂、叙述得法爲主,故記五行即就五行立言,記天文即依天文爲說。《史記》欲借事立言,以發揮意見爲主。如《禮書》本於荀卿《禮論》,《樂書》出自《禮記·樂記》,明其對於禮樂之意見，與《荀子》《禮記》相同也。《漢書》以下，客觀益多；降及六朝，史自史而我自我，等於官書，毫無主觀之致矣。

各體文學，亦有主觀、客觀之殊。如《三都》《兩京》固屬客觀之賦，而《思玄》《幽通》則以發揮己意爲歸。屈原《離騷》，體屬唯心；而荀卿《蠶賦》，則宜隸唯物。溯源竟流，亦猶王粲《登樓》與蔡邕《短人》之異耳。弔文、哀詞貴抒己悲，墓誌、碑銘重在死者；主客異致，心物攸分。蔡中郎擅長碑銘，故客觀之文學多。至於唐宋八家之文，作墓誌而附加己意，未免乖體；議論之文亦非盡主觀，如顧歡《夷夏論》等，專以實在之事理爲主，不悉以己意爲憑，殆屬客觀文學。惟道家者流，歷論古今成敗，以證己心之觀念，則純爲主觀文學。太史公之學說出於黃老，故能以心馭事，非如後世之心爲事役也。兩漢之時，儒家盛行，學術統一，除《太史公書》兼採儒、道、縱橫外，其餘各家皆內觀少而外觀多，捨唯心而趨唯物。降至正始，嵇阮倡爲道家之文，校練名理，辨析玄微；唯心之風，又復轉熾。如阮嗣宗《樂論》非述樂之沿革，《易論》亦異《易》之注疏；惟以己意貫串，故與堆積事實者不同。又如嵇叔夜之《養生論》，句句出於己心；《聲無哀樂論》亦能發前人所未發。以此上較東漢之文，如劉梁《辨和同之》敷衍成篇，班彪《王命論》之但就史實判斷者，顯然主觀與客觀不侔矣。陸士衡亦長於唯物文學，與蔡中郎相近，而平實蓋猶過之。觀其《文賦》專寫爲文之甘苦，其詩亦無一句不實。若《五等論》之類，就題爲文，絲毫不遺，殆與《三都》《兩京》之作法相同，亦由歸納之處少而演繹之處多耳。潘安仁之誄文，純表心中之哀思，以空靈勝；情文相生，非客觀所能有，故能獨步當時，見稱後代也。由上所論，可知文章各體雖非盡屬主觀，而如情文相生之哀弔，校練名理之論辨，援事抒意之傳記，固應以唯心爲尚也。

十二、神似與形似

　　近人論文，謂摸擬一代或一家之文，不主形似，但求神似。此實虛無縹渺，似是而非之論。蓋形體不全，神將奚附？必須形似乃能屢然不辨，此固非工候未至者所能贊一詞也。夫抒柚篇章，豈爲易事？章法句法既宜講求，轉折貫串猶須注意。逮至色澤勻稱，聲律調諧，然後乃能略得形似；形似既具，精神自生。學班、蔡之文者，不獨應留意句法章法，且須善於轉折。李申耆有擬東漢碑銘各篇，規模略具矣。凡模擬古人文學，須從短篇及單純之意思入手，而徐進於長篇及複雜之意思。至鎔各家爲一鑪之語，殆空談耳。清代汪容甫作碑銘，雜用《國語》《國策》《史記》《漢書》諸體，而參之以唐宋之文，遂至駢散皆不可辨，此鎔合之弊也。又文章之美，全由性情。嵇康、阮籍固不相同，與王弼、何晏尤不相類。故模擬古人之文須先溝通其性情之相近者，若不可溝通，則無妨恝置。王半山、黃山谷學杜、俱能得其一體，故能流傳於後。若明前七子之詩雖不甚劣，而其文章則摶搎《莊》《荀》《史記》之調而溝通之，所以不足道也。《七啟》亦是模擬之作，然而不爲病者，以其規模仍舊，而字句翻新耳。學陸士衡之文，僅知鍊句尚不可，必須鍊柔句爲剛句，勁如枝之不可折，斯可矣。

十三、文質與顯晦

文學之性質，有相反者二事，而不可一有一偏無焉。茲述之如下。

（一）文與質最相反者也。東漢一代文質適中，賦、詩、論、說、頌、贊、碑、銘各體，皆文質相半。惟張平子、班孟堅，文略勝質；蔡中郎之碑、銘，則有華有質，章、奏亦得其中。建安以後，文風丕變，有文勝質者，有質勝文者。辭賦高華，較東漢爲勝；章奏質樸，較東漢爲差。《東觀漢紀》及袁宏《後漢紀》所載東漢諸人之章奏，皆文質適中，即考據、議禮之文亦有華彩可觀，非如建安、三國之重名實而求深刻也。西晉之時，陸士衡之表、疏，如《謝平原內史表》等，文彩彬蔚，與辭賦無殊。其餘各體亦皆文質相參。嗣宗高華，亦未舍質。故知後世驚彩絕豔之文，格實不高；與宋人語錄相較，一淺一深，其弊則同耳。欲求文質得中，必博觀東漢之文，以蔡中郎諸人爲法，乃可成家。觀《晉》《隋》兩書之禮志及杜佑《通典》諸議禮文字，雖主考據而並有文彩；《顏氏家訓》各篇，亦質而有文，與後世之質樸者相去遠甚。故文質得中，乃文之上乘也。

（二）文章有顯有晦，各有所偏。揚子雲《太玄經》及《劇秦美新》等，固有艱深之字句，《而十二州箴》及《趙充國頌》等篇，則文從字順，毫不冷僻。可見古人作文，固非盡隱晦難知者。又文之通病，顯則易淺，深則易晦。錘鍊之極則艱深之文生。然陸士衡之文雖極力錘鍊，而聲調甚佳，風韵饒多，華而不澀。西晉普通之文俱極雋妙，而絕不淺俗。若清之董祐誠故意堆積故實，則深而流於晦；袁子才務期人盡可曉，則顯而流於淺，均未得其中也。古人之文，深而流於艱澀者，除樊宗師之《絳守居園記》外，絕不多見。蓋文章音調，必須淺深合度，文質適宜，然後乃能氣味雋永，風韵天成。潘安仁、任彥昇之文所以風韻盎然者，正以其篇篇皆在文質之間耳。

十四、文章變化與文體遷訛

　　凡文章各體皆有變化，但與變易舊體不同。就篇法而論：如紀傳體之先後，本應以事實爲序，然因事之重輕間或用倒叙法。《史記》各傳，通例皆用順叙，而《衛靑霍去病列傳》即兩人挿叙，年月次序絲毫不紊。《漢書》各傳，皆傳前論後，而王吉、貢禹列傳則先叙商山四皓，發爲議論。又《揚雄傳》內只引其自序，實在事跡反叙於論內。變化雖繁，要並與傳體無悖。蔡中郎之《楊炳碑》，盡用《尚書》成句，雖與普通各篇不同，而虛實並存，亦不乖碑體。此皆在本體內之變化，而非以他體作本體之文。絕無以傳爲碑或以碑爲傳者。降及六朝、唐世，仍循此例，未嘗乖牾。此篇法變化無關文體者也。就句法而論，古人之變化亦甚多。試即對偶一端而言，有上句用兩人名，下句用一人名者；有上句用地名，下句用人名者；亦有上下兩句同用一意者。此種詞例甚多，無非求句法新穎，不與前人雷同而已。兩漢之文，如蔡中郎諸人之聲調，乍視似不懸殊，若寫爲聲律譜以較，則其句法、詞例無慮百餘種。建安文學所以超軼當時者，亦以其詩文之聲調、句法爲兩漢所未有。如吳質《與陳思王書》，即其例也。故學一家之文，不必字摹句擬，而當有所變化。文章中之最難者，厥爲風韵、神理、氣味，善能趨步前人者，必於此三者得其神似，乃盡摹擬之能事；若徒拘句法，品斯下矣。

凡一代之名家，無不具此三者，而各家之間又復不同。如陸士衡與潘安仁各有氣味，自成風韵，異曲同工，不能強合。至於文章之神理，尤爲難能可貴，即謝康樂所謂"道以神理超"也。如潘安仁、任彥昇之文皆有神理，但或從情文相生而出，或從極淡之處而出，或從隱秀之處而出。凡學古人之文，必須尋繹其神理與風韵，若面貌畢肖，而神理風韵毫無，不足與言擬古矣。陸士衡於碑銘一體，心摹神追蔡中郎；其篇幅雖長，偶句雖多，而文章之轉折，句法之簡錬，以及篇章之結構，皆能具體而微。謝康樂之文頗似潘安仁，而其論體則摹擬嵇叔夜。雖體裁無嵇之大，而作法得嵇之工夫甚深。間有數篇，置之嵇文中亦不辨眞贋。又六朝人之學潘安仁而能得其風韵者，則惟謝莊、謝玄暉二人。顏延年之文，亦可以爲士衡之體貳。不獨鍊句似陸，即風韵亦酷肖之。陸之風韵在"提"與"警"，延年得其一隅，故能儼然近眞，惟其詩尚不及陸之顯耳。江文通之文，得力於《楚辭·九歌》者甚深。其體裁、句法未必篇篇皆肖，而神理、風韵殆能心慕神追。可知摹擬一家之文，必得其神理、風韵，乃能得其骨髓。句法無妨燮化，而氣味、實質不宜相遠。研覽六朝人學兩漢、三國、西晉之文，即可爲後世摹擬一家之模範矣。

至於文章之體裁，本有公式，不能變化。如叙記本以叙述事實爲主，若加空論即爲失體。《水經注》及《洛陽伽藍記》華彩雖多，而與詞賦之體不同。議論之文與叙記相差尤遠。蓋論說以發明己意爲主，或駁時人，或辨古說，與叙記就事直書之體迥殊。所謂變化者，非謂改叙記爲論說或僭叙記爲詞賦也。世有最可奇異之文體，而世人習焉不察者，則杜牧《阿房宮賦》，及蘇軾之前後《赤壁賦》是也。此二篇非騷非賦，非論非記，全乖文體，難資楷模。準此而推，則唐以後文章之訛變失體者，殆可知矣。又六朝人所作傳狀，皆以四六爲之。清代文人亦有此弊。不知史漢之傳，體裁已備，作傳狀者，即宜以此爲正宗。如將傳狀易爲四六，即爲失體。陳思王《魏文帝誄》於篇末略陳哀思，於體未爲大違，而劉彥和《文心雕龍》猶譏其乖甚。唐以後之作誄者，盡棄事實，專叙自己，甚至作墓誌銘，亦但叙自己之友誼而不及死者之生平，其違體之甚，彥和將謂之何耶？又作碑銘之序不從叙事入手，但發議論，寄感慨，亦爲不合。蓋論說當以自己爲主，祭文、弔文亦可發揮自己之交誼，至於碑誌、序文全以死者爲主，不能以自己爲主。苟違其例，則非文章之變化，乃改文體，違公式，而逾各體之界限也。文章既立各體之名，即各有其界說，各有其範圍。句法可以變化，而文體不能遷訛；倘逾其界畔，以採他體，猶之於一字本義及引伸以外曲爲之解，其免於穿鑿附會者幾希矣。

十五、漢魏六朝之寫實文學

今之論者輒謂，六朝文學只能空寫而不能寫實。抑知漢魏六朝各家之文學皆能寫實，其流於空寫者乃唐宋文學之弊，不得據以概漢魏六朝也。

中國古代之文體，本有數種，如《詩經》雖有賦、比、興，而其中復有虛比。《周禮》之記官制固用寫實，而祇舉大綱，不及細目。故此二經之文體不盡爲寫實，然《儀禮》一書則可爲寫實之楷模。其記某禮也，自始至終，舉凡賓主之儀節方位，以至升降次第，一步一言，無不詳細記載，鬚眉畢現。如鄉飲酒禮於宮室制度，揖讓升降，乃至酒杯數目，皆描寫盡致，今觀其文即可想見當日之情形，此張皋文所以據之作《儀禮圖》也。

再就史書而論，史漢之所以高出於後代者，即在其善於寫實。故每記一事，則經過之曲折，纖細不遺；記戰爭，則當日之策畫瞭如指掌。例如《史記・留侯世家》中記酈食其勸立六國後事，於當時之情狀盡能傳出（卷五十五）；《項羽本紀》（卷七）《信陵君列傳》（卷七十七），不獨寫出本人之性情，即當時說話之聲容情態亦躍然紙上，其傳神之妙，何減畫工？《漢書》前半多本《史記》，而武帝以後之記傳，亦自具特長，不容與《史記》軒輊。即如陳遵、原涉兩傳（卷九十二），何減於郭解、朱家（《史記》卷一百二十四)?《趙飛燕傳》（卷九十七下《外戚傳》）雖似小説家言，而實係當時之實錄。至其表現仁厚及暴虐者之神情，亦無不惟妙惟肖。如《朱雲傳》記廷折張禹事（卷六十七），迄今讀之，猶生氣勃勃，可知史漢非以空寫作文章者也。

　　《晉書》、南北《史》喜記瑣事，後人譏其近於小説，殊不盡然。試觀《世説新語》所記當時之言語行動，方言與諧語並出，俱以傳真爲主，毫無文飾。《晉書》、南北《史》多采自《世説》，固非如後世史官之以意爲之。至其詞令之雋妙，乃自兩晉清談流爲風氣者也。古時之高文典册，亦以寫實者多，潤色者少，非獨小説爲然，惟其中稍加文飾，亦所不免，如傳狀本以記事爲主，用表象形容之詞即爲失體。然《史記·石奮傳》"子孫勝冠者在側，雖燕居必冠，申申如也"（卷一百三），《漢書·朱雲傳》"躡齊升堂抗首而請"，並用《論語·鄉黨》文。實則漢人之衣冠亦未必與周制相同，用此兩語，即近粉飾，但施之碑銘則甚調和。此殆沿用當時碑文未加修改，致乖史傳之體耳。

　　唐以後之史書用虛寫者甚多，非獨不及《史記》《漢書》，且遠遜於《晉書》、南北《史》。唐人所作之小説未嘗不多，而《唐書》所以不及《晉書》、南北《史》之采用《世説新語》者，則由文勝於質，不善寫實而已。宋以後之史書，或偏於空寫，或毫無神采，所據者非當時之官書。即當時之碑誌。官書避免時忌，業經刪裁；碑誌僅記爵里生卒，亦不能傳達聲容言動，求其傳神，殆不可能。今之謂中國文學不善寫實者，責之唐宋以後固然，但不得據此以鄙薄隋唐以前之文學也。中國文學之敝，皆自唐宋以後始。例如，流俗文章中於官名、地名喜比附古人近似之名詞，以相替代，此皆自唐之啟判，宋之四六開其端，即徐、庾之文尚不至此。清代應制之書啓賀表染其流毒，喜用幫襯之名詞，所用之字亦似通非通；民國以來普通之電報書札，亦與前清無別。此弊皆唐宋應酬干祿之文字肇之，漢魏六朝之文學固不可與此並論也。

由上所論，史傳一類固應純粹寫實，而詞賦詩歌則亦間有寫實之體。如荀卿《箴賦》《蠶賦》，刻畫甚工（《荀子》卷十八賦篇），蔡邕《短人賦》（本集外紀，《全後漢文》卷六十九，頁四）亦惟妙惟肖，此詞賦之能寫實也。至於《左傳·宣公二年》引宋城者之謳，形容華元之棄甲，及漢代樂府《孔雀東南飛》記焦仲卿妻事（《古詩源》卷四），則並詩歌之能寫實也。惟若韓昌黎、石鼎聯句之類，刻畫過於艱深，殆非寫實之正宗耳。

碑銘頌贊之文，蓋出於《書經·堯典》之首段，與禮經之不可增減一字者不同；本以"擬其形容，象其物宜"爲尚，而不重寫實，秦漢碑銘全屬此體。後人不知文字有實寫與形容之別，亦不知有表象之法，故以典故代形容，典故窮後易以代詞，此風自六朝已漸兆其端，唐宋始變本加厲。今人習而不察，因據唐宋以後之文學以律陳隋以上，殊未見其可也。

綜之，漢魏六朝之文學，皆能實寫，非然者即屬擬其形容、象其物宜一類。又詞中於荀卿《賦篇》一派外，又有司馬長卿《長門賦》，描寫心中之想像；王仲宣《登樓賦》，發抒羈旅之悲懷，雖非寫實而亦善傳神。中國文學中之有寫實傳神二種，亦猶繪畫中之有寫生、寫意兩派，未可强爲軒輊也。

十六、論研究文學不可爲地理及時代之見所囿

《隋書·文學傳序》論南北朝文體不同云："江左宮商發越，貴於清綺；河朔詞義貞剛，重乎氣質。氣質則理勝其詞，清綺則文過其意。理深者便於時用，文華者宜於詠歌；此南北詞人之大較也。"（《隋書》卷七十六）後代承之，亦有謂中國因南北地理不同，文體亦未可強同者。然就各家文集觀之，則殊不然。《隋書》之說，非定論也。試以晉人而論，潘岳爲北人，陸機爲南人，何以陸質實，而潘清綺？後世學者亦各從其所好而已。若必謂南北不同，則亦祇六朝時代爲然。蓋名理初興，發源洛下。王何嵇阮之流，各以辯論清談成風；西晉承之，無由變易。及五胡亂華，中原文士相率南遷，於是魏晉以來之文化遂由北而南。其時南北之所以不同者，北方文句重濃，南方文句輕淡。自東晉以降，北如五胡十六國，南如晉、宋、齊，大抵皆然。揆厥所由，則以晉承清談之風，出語甚雋；宋齊踵繼，餘韻猶存；及齊梁之際，宮體盛行，則又加以綺麗。沿流泝源，殆仍洛下玄風，逐漸演變，而非江南獨有此派文學也。北方經五胡之亂，名理弗彰，文遂變爲質實，元魏、北齊、北周大都如是。及庾信入周，乃始溝通。周隋之際，南北又趨混一。準是以言，則南北固非判若鴻溝耳。上溯兩漢，南北之分亦不甚嚴。《敎官碑》

十六、論研究文學不可爲地理及時代之見所囿

爲江南石刻,而作法與北碑無別。班孟堅、蔡中郎均超邁當時,而學之者不聞南朔。更就清代論之,胡天游本爲浙人,而追摹燕許,功候甚深;其他北人而擅長六朝文學者,尤不可勝數。倘能於古人文字精勤鑽研,無論何人均不難趨步。士衡入洛,子山入周,南北易地,各能蔚成文風。然地則,文學奚必有關地理哉?

一代傑出之文人,非特不爲地理所限,且亦不爲時代所限。蓋文體變遷,以漸而然。於當代因襲舊體之際,倘能不落窠臼,獨創新格;或於舉世革新之後,而能力挽狂瀾、篤守舊範者,必皆超軼流俗之士也。如彌正平之在東漢,遠遜孔融、蔡邕,而其文變含蓄爲馳騁,全異東漢作風,故能見重當時。又如曹魏章奏以質實爲主,惟陳思王篇製高華,不偭舊規,亦能獨邁儕輩,並其例也。故研究一家之文,於本人之外尚須作窮源竟流功夫。如研究阮嗣宗當溯源於陳琳、阮瑀,推而上之,更可考及彌衡。又如張平子文頗得宋玉之高華,在當時雖無影響,而能下啟建安作風。不考平子無以知建安,亦猶不考琳、瑀無以知嗣宗耳。漢代章奏雖未必篇篇皆如劉向、匡衡,而規模大致不遠。至如趙充國《屯田頌》之句句切實者,在兩漢殊不多覯。然至曹魏之際,其體遂昌。此亦當代不能盛行而爲後代推崇之例。他如陸士衡《辨亡》《五等》各長論,實由《六代論》《運命論》開之;潘安仁清綺自然之文及下筆轉圜之處,實由王仲宣開之;任彥昇下筆輕重及轉折法度,實由傅季友開之。而欲知庾子山轉移北方風氣之故,尤不可不溯源於梁代宮體。蓋徐陵、庾信之文體,實承《南史·簡文帝傳》所載徐摛、庾肩吾之家風。而爲宮體導夫先路者,則永明時之王融也。今之談宮體者,但知推本簡文,而能溯及王融者殆鮮,斯何異於論清談者,但知王弼、何晏,而不能溯源於孔融、王粲也哉?此窮源之說也。

晉宋文人學陸士衡者甚多，而顏延年所得獨多；學潘安仁者，亦不一而足，而謝莊所得獨多。延年詩文均摹士衡，《赭白馬賦》尤酷肖。謝莊亦長哀誄，華麗雖遜安仁，而饒有情致。故研究陸、潘二家者，於本集外尚須涉覽顏、謝之文，以究其相因之迹。傅季友、任彥昇之後頗少傳人，惟汪容甫確能得其彷彿。陳其年摹擬庾子山雖不甚高，顧自唐代以來，鮮出其右，擷其佳作亦往往可以亂真。故研究傅、任、子山者，不可不以爲汪、陳爲參鏡。此竟流之說也。

今之研治漢魏六朝文學者，或尋源以竟流，或沿流而溯源，上下貫通，乃克參透一家之真相。真相既得，然後從而摹擬之，庶幾置諸本集中可以不辨真贋矣。（如江文通所擬古詩酷肖古人，斯乃摹擬功候之深者。）

十七、論各家文章之得失應以當時人之批評爲準

　　歷代文章得失，後人評論每不及同時人評論之確切。良以漢魏六朝之文，五代後已多散佚，傳於今者益加殘缺。例如東漢文章，以蔡伯喈所傳獨多，而《藝文類聚》所引，宋人刻本《蔡中郎集》已未盡收。南北朝文以庾子山所傳獨多，而今之《庾開府集》亦非全豹。故據唐宋人之言以評論漢魏，每不及六朝人所見爲的；據近人之言以評論六朝，亦不如唐宋人所見較確。蓋去古愈近所覽之文愈多，其所評論亦當愈可信也。今若就明人王弇洲或清人胡天游之文以衡其得失，發爲論評、要當不中不遠。若尚論古代，則殆難言矣。二陸論文之書對於王、蔡輩頗爲中肯，而於本身篇章亦能甘苦自知。凡研究伯喈、仲宣及二俊文學者，皆宜精讀。《漢書》謂《史記》質而不俚，蓋指《陳涉世家》中"涉之爲王沈沈者"一類而言。蔡中郎自謂所爲碑銘惟《郭有道碑》無愧色，則他篇不免形容溢美之處亦從可概見。餘如建安七子文學，魏文《典論》及吳質、楊德祖輩均曾論及，《三國志・王粲傳》及裴松之注亦堪參考。至於鍾嶸《詩品》劉勰《文心雕龍》，所見漢魏兩晉之書就《隋志》存目覆按，實較後人爲多；其所評論迥異後代管窺蠡測之談，自屬允

當可信。譬如《史記》全書今已不傳、而惟存《伯夷列傳》一篇,後人若但據此篇以評論《史記》列傳之體,豈如當年曾見全書者所論爲確耶?

十八、潔與整

研究各家之文，有必須知者二事：第一須潔。文之光彩自潔而生。譬猶鏡爲塵蔽，光自不明；文雜蕪穢，亦必黯淡，其理一也。欲求文潔，宜先謀句勁。造句從穩字入手，力屏浮濫漂滑；由穩定再加錘鍊，則自然可得勁句。句勁文潔，光彩自彰。試觀蔡中郎、班孟堅之文幾無一句不勁，而亦幾無一篇無光。潘安仁下筆雖輕，但僅免滯重，絕不漂滑；陸士衡長篇雖多，但勁句相承，不嫌繁冗。斯並知尚潔之義者也。

第二須整。整者，層次清楚、段落分明之謂，非專指對偶而言也。漢魏之文對偶與後人不同，如《聖主得賢臣頌》《解嘲》《答客難》等篇，並非字句皆對，但其文非不整齊。即近代之文，無論何派何體亦未有次序零亂而可成家者。此貴整之義也。

然學爲文章固須從潔淨整齊入手，而非謂畢此二事即克臻佳境也；卽如造句之法，不限於勁，但能造勁句，已奠屬文之基。縱有偏失，亦不過一隘字。桐城方望溪之文，句句潔淨，後人雖張大義法之說，然其最初法門要由潔淨而入。亦有文章樹義甚高，但因不潔累及全篇者，清代不善學六朝文之作家往往蹈此；可知無論研習何體，尚潔均爲第一要義。至於漢人文章之段落層次雖與後代不同，然如蔡中郎文僅祇轉折不著迹象而已，其節落、提頓亦何嘗不清晰、顯豁耶？又層次不亂固屬整齊，無閒字閒句仍屬整齊，故潔淨亦爲整齊一端。凡文氣不盛者切不可用肥重字，否則，難免徒由字句堆成，毫無生氣。《論語》所謂修飾潤色，《老子》所謂損之又損，按諸爲文，亦莫不然也。嵆康之文雖長，而不失於繁冗者，由其以意爲主，以文傳意耳。意思與辭采相輔而行，故讀之不至昏睡。若無新意，徒衍長篇，鮮不令人掩卷憒憒者。總之，臨文之際，對於字句務求雅馴，汰繁冗，屏浮詞。凡多之無益，少之無損，除文氣盛者間可以氣騁詞外，要宜加以翦截，力從捐省。由茲致力，庶可句勁文潔，篇章整齊矣。

十九、論記事文之夾敘夾議及傳贊碑銘之繁簡有當

中國文學之特長，有評論與記事相混者，即所謂夾敘夾議也。如《史記·魏其武安侯列傳》，通篇記事，並無評論，而是非曲直即存於記事之中。餘如《封禪》《平準》兩書，句句敘事，亦即句句評論。故夾敘夾議之文以《史記》最爲擅長。《漢書》食貨、郊祀兩志及王莽諸傳，並爲孟堅聚精會神之作；觀其敘、議相參，實堪與史遷伯仲。至於史傳以外之文，如應劭《風俗通》之類，事實評論亦互相關聯，未有捨記事而專爲評論者。唐宋以降，盛行議論之文，徒騁空言，不顧事實，求其能如《史記》於記事中自見是非曲直者蓋寡。明清而還，斯體益昌，論史但求翻新，議政惟騖高遠；文變迂腐，意並空疏，其弊皆由評論與事實不相比附也。夫記事與評論之不宜分判，殆猶形影之不能相離。倘能融合二者，相因相成，則既免詞費，且增含蓄；較諸反覆申明，猶可包孕無遺，豈非行文之能事乎？試觀蔡伯喈所作碑文，但形容事實，不加贊美，而其揄揚已溢於事實之表；贊美與事實融合無間，故文章絕妙。降及六朝，此法漸致乖失。如庾子山《哀江南賦》借古物以比附事實，固甚恰當，但於敘事之際不著功罪，及訂論功罪，復贅他語，此漢人所未有也。至於後代四六，先用典故比附事實，事實之後更加贊美，則

詞費文繁，去古益遠矣。東漢章奏、議論之文，率皆平平叙記，而是非曲直自可瞭然。雖無後人反覆申明，慷慨激昂之致，而得失利害溢於言表，斯並得力於夾叙夾議功夫耳。

如上所云，事實與評論既不可分，而紀傳之外別有論贊，碑文之末復加銘詞者，其故何耶？不知論贊銘詞旨在總括文意，而與文之繁簡無關。古代筆紙缺乏，鈔寫匪易。口傳心受，必須約其文詞且須整齊有韻，始便記誦。若累牘連篇，殆非盡人所能曉喻。故論贊即貫串紀傳之大意，銘詞乃綜括碑文之事實，非於碑傳本事之外別有增益也。唐宋論文者，以爲銘之叙事乃補碑文所未足，不可與碑相犯。此由見《史記·樂毅傳贊》全異本文，遂謂贊非總括大意，乃補傳之不足；由此引申，更謂銘補碑闕，亦須另增新事耳。不知贊之本義，原與序同。序以總括書之大綱，贊以約述傳之事實（漢人贊序不分，《離騷》徑序亦或作贊。孔子贊《易》，乃作《繫辭》，欲撮舉《易》之大意而總括之也）。《史記》中如《樂毅傳贊》者，僅寥寥數篇，並非正格。至於《蔡中郎集》如《胡廣碑》等皆一人數篇，而其銘詞絕無奇峯突起，不與碑文附麗者。他如《隸釋》《隸續》及《兩漢金石記》《金石萃編》等所載漢碑，亦莫不皆然。蓋碑詳銘約，約碑之詳以爲銘，廣銘之約即爲碑；亦猶史書約紀傳而爲論贊，恢擴論贊仍成紀傳也（唐韓愈《平淮西碑》亦總括事實於銘詞者）。

又漢人石刻，銘後往往附有亂詞。此體開自楚辭漢賦，所以結束全文也。用亂者，一則以意義未盡，一則以意義雖盡而須數語作結始爲完足。降及三國六朝，此體久廢。今若爲碑銘，似宜恢復亂詞，以爲全篇事蹟或哀思之結穴焉。

總之，古人爲文，繁簡義各有當。揆厥所由，《史記》《漢書》開示法門甚多，茲不暇一一列舉矣。

二十、輕滑與蹇澀

中國文學受人攻擊之點有二：一曰粉飾。古代文學於寫實以外原有表象形容一格，然與後世之粉飾迥異。大抵後人既不能實寫，又不善形容，乃以似是而非之旁襯名詞來相塗附。此種風氣啟自六朝，盛於唐代，宋四六及清人普通文字多屬此類。其流弊所及，非獨四六爲然，作散文者亦搖筆卽來，日趨套濫。返觀漢魏，無此格也。夫語言爲事實之表象，禮俗既異，語詞自殊。今乃賀人生日、必曰懸弧令辰、友朋餞行，必曰東門祖道。坐不席地，豈有危坐之儀；簪無所施，甯有抽簪之論。他如稱道尹曰觀察，稱京師曰長安，號伶人爲梨園，目妓女爲教坊；凡茲冗濫之詞，殆屬更僕難數，倘使沿用成習，非特於文有累，且致文格不高！然風尚所被，不限庸流，卽賢者亦所不免，蓋其由來漸矣。此今日爲文，首宜屏棄者也。

二曰遊戲筆墨。夫涉筆成趣，文士固可自娛，但不宜垂範後世，以其既不雅馴，且復華而不實也。尤西堂各體文字，率用詞曲筆墨，故皆含遊戲氣味。李笠翁、蔣心餘輩尤而效之，益多嬉笑玩世之作。試觀《煙霞萬古樓文集》所錄，其文何嘗無才，但究非文章正格，故毫無價值可言。凡學爲文章，與其推崇天才，勿甯信賴學力。庸流所奉爲才子派者，實不足爲楷式也。

今日研習各體文章，輕滑之作固不足道，而過於蹇澀亦非所宜。

蹇澀之弊，大抵由於好高立異，不屑俯循常軌。每遇適可而止之處，輒以深代淺，以難代易；逮養成習慣，不期而然。雖異輕滑，亦難引人興趣，其弊一也；口吻蹇礙，不能誦讀，其弊二也；意欲明而文轉晦，其弊三也；全用單字堆砌，毫無氣脈貫注，死而不活，其弊四也。夫有韻之文宜用四言，施諸別體，即難免上述之弊。試觀出土漢碑多用四字句，然與蔡中郎所作相較，則音節、文氣優劣立辨。故過求蹇澀，亦爲文之大戒也。七八年前，余（劉先生自稱）嘗好爲此體，爲文力求艱深，遂致文氣變壞。欲矯一時之弊，而貽害於後人者已非淺鮮。今觀外間蹈此弊者不一而足，文求艱深，意反晦而不明；矯枉過正，殊有害而無益也。文之艱深平易各有所宜：楊子雲之《太玄》固艱深，而《十二州箴》及《趙充國頌》何嘗不平易？司馬相如之《子虛》《上林》固艱深，而《難蜀父老》《諫羽獵疏》何嘗不曉暢？劉子政文雖篇篇明白，然亦間有詰屈聱牙者。惟班孟堅、蔡伯喈之文，幾無一篇不和雅可誦，洵上乘也。故知文貴稱情而施，不容一概相量。如韓昌黎之《石鼎聯句》已覺艱深，若必如樊宗師之《絳守居園記》，則文章尚有何用？凡學爲文章者，務求文質得中，深淺適當，鍊句損之又損，摛藻惟經典是則；掃除陳言，歸於雅馴，庶幾諸弊可祛，而文入正軌矣。

二十一、論文章宜調稱

　　文章最難與題目相稱，但無論講名理、抒性情，或顯或隱，要須求其相稱，始不乖體。譬如講名理之文，若晉人聲無哀樂、言不盡意等論，宜有明雋之氣味。而所謂明雋者，即於明白曉暢中饒有清空韻致也；倘有腐說，或過用華詞，即為不稱。又如深情文字，若弔祭、哀誄之類，應以纏綿往復為主；苟用莊重、陳腐語，即為不稱。序文之說經、考據者，固應莊重，而不可出以明雋或輕纖，但筆記、小說、文集、詩詞之序，若過於莊重，亦為不稱。故知名理之文須明雋，碑銘須莊重，哀弔須纏綿，詠懷須宛轉；相體而施，固非一成不變也。

　　文之含蓄或條暢，亦視題目而異。說理、記事固應明白曉暢，若《離騷》之類，即應有纏綿不盡之意。至於一篇之中，尤貴色澤調勻，前後相稱。如蔡中郎文全用經書，其中若參有一二句王、何玄談，或徐、庾宮體，立即雜不成文。又如揚子雲之辭賦，雖造句艱深，而能通篇一律，即不嫌疵類。夫文因時代而異，亦猶人因面貌而殊。若一時代而有數派文字並存，殆亦承上啟下之津渡而已。如曹魏初年，陳思王與陳羣、王朗輩華質不同。陳思殆東漢之殿軍，羣、朗則魏晉之先導。其升沉消長之漸，固不可不察也。今日而欲摹擬魏晉，或倣效齊梁，其字句、氣味皆不可通假。文之造句本不甚難，所難者惟在字句與本篇意趣之相稱。試觀魏晉之文，每篇皆

55

有言外之意。如孫綽、袁宏之碑銘，何嘗僅在字句間盡文章之能事？於字裏行間以外固別饒意趣。善學魏晉者，務宜由此入手。東漢之文皆能含蓄。如《魯靈光殿賦》非純由僻字堆成，且含有淵穆之光。善學東漢之文者，亦必燭見及此。蔡中郎文每篇皆有淵穆之光，今日能得其氣厚者已不多見，更何有於淵穆？此事驟看似易，相稱實難，蓋所謂有光者，非一二句爲然，而須通篇一律也。若淺言之，則通篇須用一種筆法。用重筆者，全篇須並重；筆姿疏朗者，全篇須一致疏朗。然晉宋文字有全用輕筆者，亦有重筆之中用輕筆提起者。如陸士衡文雖用重筆，而能化輕爲重，故尤爲難學。但能得其三昧，即不至有僧衣百納之誚矣。清代各家文集中均難免不稱之弊。如汪容甫之《自序》及《漢上琴臺銘》，全篇固甚相稱，餘則一篇之中，或學漢魏，或學六朝，或學唐宋以下，斑駁陸離，殊欠調和。降及洪北江、王湘綺輩，雖爲一時所宗，而不稱之弊尤多。可知文章求稱之不易矣。今既分家研究，第一，須求文與題稱，應辨說理與抒情之殊；第二，謀篇須稱，不可以數句爲一篇之累。又文之輕重悉在用筆，而與用典無關。俗謂用經說則重，用雜書則輕。然潘安仁《夏侯常侍誄》《楊仲武誄》，用經雖多，而未減其輕。又如謝康樂及陶淵明詩亦頗用經，但一無損於清新，一弗傷於淡雅。兩漢之文幾無一篇不厚重者，但如劉子政輩何嘗不用子史、雜書？故善於用筆，則用經典可使輕，用楚辭漢賦可使重；輕重能否銖兩悉稱，惟用筆是賴。然則，筆姿相稱，亦作文第一要務也。

　　　　　　　　三十三年十月十八日理　竟於重慶聚興村寄廬
　　　　　　　三十五年三月二十一日　致于自成都寄到，夜中粗閱一過。
　　　　　學生爲貸金過少，罷課三日矣。帆記于樂山西湖塘宿舍

宋代文學

呂思勉 著

第一章　概　　說

　　中國文學，大致可分爲四期：第一期斷自西周以前，第二期自東周至西漢，第三期自東漢至南北朝，第四期自隋唐至清。第五期則屬諸自今以後矣。請得而略言之。

　　各國文學之發達，韻文皆先於散文。吾國亦然。最古之書，傳於今者，大抵整齊而有韻。（如《老子》是也。《老子》雖東周之世寫出，然其文必傳之自古者也。《老子》書中，無男女字，祇有牝牡字，即可徵其文之古。）其無韻者，亦簡質少助字。（如《尚書》是也。）此蓋古人言語、思想，均不甚發達，故其書詞意多渾涵，又其時簡牘用少，學問多由口耳相傳，故多編爲簡短協韻之句，以便誦習也。文以語言爲本，詩以歌謠爲本；韻文與詩，相似而實不同。此時代之詩傳於今，最完備者，爲《三百篇》。《三百篇》之句，昔人云"自一言至九言"。（見《詩》疏。）實以四言爲多，閒有三言者。（四言而加一助字，實亦三言也。）前乎《三百篇》之詩，可信者，其體製皆與《三百篇》相類。（如伊耆氏《蜡辭》是也，見《禮記·郊特牲》。）其有類乎後世之詩體者，則其意雖傳之自古，而其辭必後人所爲矣。（如《南風歌》是也。）古書記人言語，多僅傳其意，而其辭則爲著書者所自爲。即歌謠亦然。《史記·田敬仲世家》謂，田常以大斗出貸，小斗收之，齊人歌之曰："嫗乎采芑，歸乎田成子。"劉知幾譏其不實，而不知古人自有此例也。劉說見《史通·暗惑》篇。此爲第一期。

　　整齊簡質之文，節短而韻長，詞少而意多，非不美也。然思想發達，則苦其不足盡意。夫思想發達，則言語隨之；言語發達，則文字從之，於是流暢之散文興焉。散文之興，蓋在東周之世？至西漢而極。（西周以前文字，傳於今者甚少。較可信其出於西周人者，如《周誥》，其辭卽多中屈，與《殷盤》相類。其明白易曉者，如《金縢》，則恐其辭已出後人矣。然究尚與東周之世文字不同。要之，今人讀之，覺其明白如《論》《孟》，暢達如《戰國策》者，西周以前，殆無有也。）此時代之詩，四言漸變爲五言，又有三、七言者。（如《荀子》之《成相篇》是。）漢世樂府之調，蓋權輿於此。此爲第二期。

　　第二期之文字，與口語極相近。今日讀之，祇覺其古茂可愛，然在當時，則頗嫌其冗蔓。（此時代之文字，有極冗蔓者，如《史記·周本紀》："是時諸侯不期而會孟津者八百諸侯。""諸侯"二字，竟不刪去其一，句法可謂冗贅已極。又如《墨子·非攻上篇》："今有一人，入人園圃，竊其桃李，衆聞則非之；上爲政者，得則罰之，此何也？以虧人自利也。至攘人犬豕雞豚者，其不義，又甚入人園圃竊桃李。是何故也？以虧人愈多，其不仁茲甚，罪益厚。至入人欄廄，取人馬牛者，其不義，又甚攘人犬豕雞豚。此何故也？以其虧人愈多。苟虧人愈多，其不仁茲甚，罪益厚。至殺不辜人也，拖其衣裘，取戈劍者，其不義又甚入人欄廄，取人馬牛。此何故也？以其虧人愈多。苟虧人愈多，其不仁茲甚矣，罪益厚。"則句法語調，兩極冗蔓矣。古人此等文字甚多。自後人爲之，皆數語可了耳。古人之所以如此，皆由其與口語相近故也。）於是漸加以修飾。修飾之道有二：（一）於詞類，擇其足以引起美感者用之。（二）於句法求其齊整。（用典兼涵此兩義：一，用典則辭句少而所含之意多，耐人尋味。故典者，不啻詞之至美者也。二，用一故事，直加敘述，如敘事然，即無所謂用典。所謂用典者，皆不敘其事，而以一二語檃括之者也。此之謂剪裁。用事必加以剪裁，即所以求其文之齊整也。近人《涵芬樓文談徵故》云："凡說理之文，恐不足徵信於人，必取古事以實之。漢魏六朝，以矜鍊爲貴，往往一節之中，連引十餘事，或一句爲一事，或二三句爲一事，皆以類相從，層見疊出。蓋其時偶儷之體盛行，故操觚家亦喜講剪鎔對仗之法。至唐昌黎公出，而文體一變。徵故之法，間有全錄舊文，不以襞績從事。東坡窮其才力所至，引用史傳，必詳錄本末。有一事而至數十字者。"案韓蘇文體所以變古，以古書少，所引事人人知之；後世書多，則不能然也。此亦古文不得不代駢文而起之一端。）其風始於西漢之末造，而盛於東京。魏晉以降，扇而彌甚。遂至專尚藻飾，務爲排偶，與口語相去日遠焉。此時代之詩，則五言大昌，而樂府亦盛。詩文皆漸調平仄，遂開唐宋律體之端。（不獨詩賦有古律之別，文亦有之。唐宋駢文，調平仄惟謹者，皆律體也。）此爲第三期。

　　文字與口語日遠，寖至不能達意，必有所以拯其弊者，於是古文興焉。（其人自謂復古，謂之古文。實則對駢文而言，當云散文。其對韻文而稱之散文，則當稱無韻文，方免混淆。）古文非一蹴而幾也。其初與藻繪之文竝行者，有筆。筆雖不避俚俗，然辭句整齊，聲調嘽緩，實仍不脫當時修飾之風。（口語句之長短不定。當時所謂筆者，特迫於無可如何，參用俗語，且不加藻繪耳。然其句調仍極整齊，實與口語不合。）且文貴典雅，久已相沿成習；以通俗之筆，施之高文典冊，必爲時人所不慊。然以藻繪之文爲之，亦有嫌其體製之不稱者，於是有欲模放[1]古人者焉。遺其神而取其貌，如蘇綽之擬《大誥》是。夫所惡於藻繪之文者，不徒以其有失質樸之風，亦以其不能達意也。今貌效古人，其於輕佻浮薄之弊則去矣，而其不能達意，則實與藻繪之文同。抑藻繪之文，不能施之高文典冊者，以其體製之不相稱也。今貌效古人，則爲優孟之衣冠，無其情而襲其形，其可笑乃彌甚。（體製不稱，與無其情而襲其形，同爲一種不美。）逮韓柳出，用古人之文法（第二期散文之法），以達今人之意思。今人之言語，有可易以古語者，則譯之以求其雅。其不能易者，則卽不改以存其眞。如是，則俚俗與藻繪之病皆除。文之適用於此時者，莫此體若矣，此古文之興，所以爲中國文學界一大事也。古文運動，始於南北朝之末，歷隋及唐，而告成於韓柳。然其風猶未盛。能爲此種文字者，寥寥可數。普通文字，仍皆沿前此駢儷之舊者也。至宋世而古文之學乃大昌。歐、曾、蘇、王，各極所至。普通應用文字，亦多用散文。而散文始與駢文，成中分之勢矣。（其時僅詔誥章表等，仍沿用駢文。以拘於體制，故難變也。詔誥自元以後，可謂改用白話。元代詔令多用語體。《元史・泰定帝紀》中，尚存一篇。明清兩代詔令，雖貌用文言，實則以口語爲主，而以文言變其貌耳。）然文學之進步，實由簡而趨繁。新者旣興，舊者不必遂廢。故散文雖盛行，駢文仍保其相當之位置；而唐宋人所爲之駢文，較之南北朝以前，且各有其特色焉。（宋駢文之特色，尤爲顯著。以其與南北朝以前之駢文，相異彌甚也。此亦唐、宋文字，同走一方向，至宋而大成之一端。）又文字嫌其藻繪而不能達意，雖圖改革，厥有兩途：（一）以古代散文爲法，（二）以口語爲準是也。前者雅

---

[1] "放"當爲"仿"。——編者註

第一章 概　說

而究不能盡達時人之意。後者則宣之於口者，卽可筆之於書，可謂意無不達，而或不免失之鄙俗。（此亦爲一失，文自有當求雅處，故文言白話，實各有其用。專主白話，而詆文言爲死文字者，亦一偏之論也。）二者實各有短長，而亦各有其用。凡物之眞有用者，有之必不能廢，無之必不容不興。故古文起於隋唐之世，而專主口語之白話文，亦萌芽於是時，如儒釋二家之語錄及平話是也。故唐、宋之世，實古文、白話，同時竝進（二者皆爲散文），而駢文仍得保其相當之位置者也。至於詩，則在唐代爲極盛。舊詩之體製，至此可謂皆備。宋人於詩之體製，未能出於唐人之外。而其意境、字面（意境者實質，字面者形式也），則與唐人判然不同。後人之詩，非宗唐，卽北宋，至今未能出此兩派之外焉。故詩之爲學，亦唐人具之；宋人繼之，而後大成者也。又中國之詩，當分廣狹兩義：以狹義論，則惟向所謂詩者，乃得謂之詩；以廣義論，則詞與曲亦皆詩也。詞起於唐而盛於宋，曲起於宋而盛於元。元有天下僅八十年，以文化論，一切皆承宋之餘緒，不徒祇可謂之閏位，實乃祇可謂之附庸。故廣義之詩，亦可謂唐人創之，宋人成之也。清代，宋人所謂道學者，流弊漸著。清儒乃創樸學以救之。以學問論，頗足補宋人之所闕。然清儒以好古故，於文學，亦欲祧唐、宋而法周、秦、漢、魏，則實未能有所成就也。故文學史上，截至今日，講新文學以前，實猶未能離乎唐、宋之一時期也。此爲第四期。

　　本書主論宋代文學。先立此章，以見宋代文學，在文學史上之位置。以下乃分五章詳說之。

第二章　宋代之古文

　　宋代爲古文者，始自柳開（大名人，開寶六年進士，歷典州郡。咸平中，卒於京師）。開少遇天水老儒趙生，授以韓文；好之，自名曰肩愈，字紹元，意欲續韓、柳之緒也。（見張景所撰《行狀》。）旣乃改名開，字仲塗，自謂能開聖道之塗云。（見晁公武《郡齋讀書志》。）開弟子曰張景（字晦之，公安人，官至廷評），爲開撰《行狀》。謂開"生於晉末，長於宋初"。又開序韓文云："予讀先生之文，年十有七。"則其爲古文，實早於穆伯長數十年。（穆生於太平興國四年。歐陽修《論尹師魯墓誌書》謂穆氏學古文，在師魯前。朱子《名臣言行錄》則謂師魯學古文於穆氏。則柳開而外，宋代治古文者，當以穆氏爲最早。）故洪邁《容齋隨筆》以歐陽修數宋代之爲古文者不及開，且云天下未有道韓文者爲異。（見下。）案晁公武《郡齋讀書志》謂"歐公嘗推本朝古文，自仲塗始"，則歐公固有推崇柳氏之論矣，特洪氏偶未見耳。（范仲淹《尹師魯集序》云："五代文體薄弱。皇朝柳仲塗，起而麾之，洎楊大年，專事藻飾，謂古道不適於用，廢而弗學。久之，師魯與穆伯長力爲古文。歐陽永叔從而振之。由是天下之文，一變而古。"亦溯其原於開。）開所爲文，張景輯之爲十五卷，曰《河東先生集》，陳振孫《書錄解題》謂"其體艱澀"。今讀之誠然。今錄一篇如下，以見宋代古文初興之時，明而未融之象焉。

穆夫人墓誌銘

柳開

漢開運元年，開叔父諱承贊卒。叔母穆，年二十有七。嫠居四十五年。歲己丑五月，歿於家。後七年，葬叔父墓中。唐季，我先人塋館陶縣北三十里。周廣順中，始葬叔父大名府西南二十里，村曰馮杜。開近歲連上書，天子哀之。賜錢三十萬，使葬先臣之屬。得華州進士王煥襄其事。煥，義者也，恭恪弗懈，成開之心。柳宮姓，爲地法利坤艮。自叔父墓東下十七步，我皇考之墓。又東下，仲父諱承煦之墓。各以子位從之。又東下，叔父諱承陟之墓。叔陟無嗣，以季父諱承遠之墓同域焉。故昭義軍節度推官閱，叔母長子也。閱叔父卒始生，次子也。趙氏故婦女也。次病廢，老於室。（案，此數語文有奪誤）。開爲兒時，見我烈考治家孝且嚴。視叔母二子，常先開與閱。我母萬年君愛猶己，勤勤儲儲，常懼有闕。乃叔母至老，我二兄至成人，不類諸孤兒寡婦。月旦望，諸叔母拜堂下畢，卽曰："上手抵面，聽奉我皇考誡。"告之曰："人之家，兄弟無不義盡，因娶婦入門，異姓相聚，爭長競短，漸漬日聞。偏愛私藏，以至背戾。分門割戶，患若賊讎。皆汝婦人所作。男子有剛腸者幾人？能不爲婦人言所役？吾見多矣。若等寧是乎？"退卽惴惴閉息，恐然如有大誅責。至死，不敢道一語爲不孝事。抵開輩，賴之得全其家也如此。嗚呼！君子正己，直其言。居上其善也，家國治焉，小人枉己，私爲言；居上不善也，家國亂焉。旨哉君子也！
銘曰：

昔我叔之去世兮，垂嚴誡之深辭。旨穆母而告云兮，惟夫婦之有儀。伊生死之孰免兮，於貞節而弗虧。代厚養以多屬兮，家復貴而偶時。寧不完於安佚兮，胡適彼而士斯。介如石之克鮮兮，衆猶草之離離。母血涕以奉教兮，哀心以自持。畢考命之惇孤兮，終天地而弗移。噫嚱過此兮，母曷爲知！

柳開以後，尹洙以前，能爲古文者，又有王禹偁（字元之，鉅野人。太平興國八年進士。嘗知制誥，入翰林爲學士。以直道自任，累見貶斥。最後知黃州，徙蘄州卒）、孫何（字漢公，蔡州人。淳化進士，累官右司諫，歷兩浙轉運，入知制誥）、丁謂（字謂之，後更字公言，蘇州人，淳化進士，累遷知制誥。天禧時爲相，封晉國公。仁宗立，貶崖州司戶參軍。更赦，徙道州。明道末，以祕書監召還。卒於光州）。葉水心稱禹偁文古雅簡淡，眞宗以前，未有及者。今讀之，實多未脫俗調。（觀世所傳誦《待漏院記》《竹樓記》可見。）林竹溪（名希逸，字肅翁，福清人，端平進士，官至考功員外郎）謂其"意已務實，而未得典則之正"是也。（見《文獻通考》。）何"幼篤學嗜古，爲文宗經"，謂亦能爲古文，嘗袖文同謁禹偁。禹偁驚重之，謂韓、柳後三百年乃有此作。時"並稱爲孫、丁"云。（晁公武《讀書志》。）案，謂名亦列《西崑酬唱集》中。三人者，蓋異於時，而又未能逕即於古。故宋代數爲古文者，或及之，或不及之也。

宋代詩文，皆至慶曆之際而大變。主持一時之風會者，實爲歐陽公（歐陽修，字永叔，自號醉翁，又號六一居士。廬陵人，中進士甲科，累官知制誥，出知滁州。後召還，爲翰林學士，嘉祐時，拜參政。熙寧初致仕，諡文忠），而爲歐公古文之先導者，則穆修（字伯長，鄆州人，大中祥符進士。授泰州司理參軍。以伉直，被誣，貶池州，徙潁、蔡二州文學掾，以卒。宋人皆稱爲穆參軍，從其初官也），尹洙（字師魯，河南人，天聖進士。官至起居舍人），蘇舜元、舜欽兄弟也（舜元，字才翁，梓州人，官至度支判官。舜欽，字子美，景祐進士，累遷集賢、校理。坐事除名，流寓蘇州。作滄浪亭，自號滄浪翁。後爲湖州長史卒）。歐公作《子美文集》序謂："子美之齒少於予，而予學古文，反在其後。天聖之間，予舉進士於有司。見時學者，務以言語聲偶擿裂，號爲時文，以相誇尚。而子美獨與其兄才翁及穆參軍伯長作爲古歌詩、雜文。時人頗共非笑之，而子美不顧也。其後天子患時文之弊，下詔書諷勉學者以近古。由是其風漸息，而學者稍趨於古焉。獨子美爲於舉世不爲之時，其始終自守，不牽世俗，可謂特立之士也。"又其《書韓文後》曰："予少家漢東。有大姓李氏者，其子堯輔，頗好學。予游其家，見其敝麓貯故書在壁間，發而視之，得唐昌黎先生《文集》六卷，脫落顛倒無次序，因乞以歸讀之。是時天下未有道韓文者。予亦方舉進士，以禮部詩賦爲事。後官於洛陽，而尹師魯之徒皆在，遂相與作爲古文。因出所藏《昌黎集》補綴之。其後天下學者，亦漸趨於古，韓文遂行於世。"蘇舜欽《哀穆先生文》謂其"得柳子厚文，刻貨之，讎者甚少。踰年乃得百緡"。而穆氏《答喬適書》亦謂："今世士子，習尚淺近。非章句聲偶之辭，不置耳目。浮軌濫轍，相跡而奔，靡有異塗焉。其間獨取以古文語者，則與語怪者同也。衆又排詬之，罪毀之；不目以爲迂，則指以爲惑。謂之背時遠名，闊於富貴。先進則莫有譽之者，同儕則莫有附之者，其人苟失自知之明，守之不以固，持之不以堅，則莫不懼而疑，悔而思，忽焉且復去此而卽彼矣。"可見是時古文之衰，亦可見諸人爲古文之先後，及宋代古文興起之始末也。

　　所謂古文者，謂以古人文字之善者爲法，非謂徑作古語也。若逕作古語，則意必不能盡達；卽自謂能達，而他人讀之，亦必苦其艱澀。與鄙俗者其失惟鈞矣，然拔起於流俗之中，而效古人者，欲盡變其形貌甚難。此宋初爲古文者，所以皆不免有艱澀之病。（葉水心曰："柳開、穆修、張景、劉牧，當時號能古文。今《文鑑》所存《賢亭記》《河南尉廳壁記》《法相院鐘記》《靜勝亭記》《待月亭記》諸篇可見。時以偶儷二巧爲尚，而我以斷散鄙拙爲高，自齊、梁以來，言古文者，無不如此。韓愈之備盡時體，抑不自名，李翺、皇甫湜，往往不能知，而況孟郊、張籍乎？古人文字，固極天下之巧麗矣！彼怪迂鈍樸，用功不深，纔得其腐敗粗澀而已。"案艱澀之病，不獨柳、穆諸人，卽尹、蘇亦未盡免。邵伯温《聞見錄》謂"錢惟演守西都，起雙桂樓，建臨園鐸，命師魯、歐公爲記。歐公文千字，師魯五百字而已。歐公服其簡古"。師魯文簡古，誠有勝歐公處，然其不如歐公處，亦正在此。且如蘇氏《滄浪亭記》，善矣，能如歐公諸記之有興會乎？葉氏說見《文獻通考》，《文鑑》，謂呂祖謙所編《宋文鑑》也。《來賢亭記》，柳開作。《河南尉廳壁記》，張景作。《法相院鐘記》《靜勝亭記》，皆穆修作。《待月亭記》，劉牧作。）必至歐公，而後可稱大成也。（陳振孫云："本朝初爲古文者，柳開、穆修，其後有二尹、二蘇兄弟。歐公本以詞賦擅名場屋，既得韓文，刻意爲之。雖皆在諸公後，而獨出其上，遂爲一代文宗。"案師魯之兄名源，字子漸。以太常博士知懷州，尹河南。）歐公文極平易。蘇明允《上歐公書》謂："執事之文，紆徐委備，往復百折，而條達疏暢，無所間斷。氣盡語極，急言極論，而容與間易，無艱難勞苦之態。"可謂知言。今觀歐公全集，其議論之文如《朋黨論》《爲君難論》《本論》，考證之文如《辨易·繫辭》，皆委婉曲折，意無不達，而尤長於言情。序跋如《蘇文氏集序》《釋祕演詩集序》，碑誌如《瀧岡阡表》《石曼卿墓表》《徂徠先生墓誌銘》，雜記如《豐樂亭記》《峴山亭記》等，皆感慨系之，所謂六一風神也。歐公文亦有以雄奇爲尚者，如《五代史》中諸表志序是。然仍不失其紆徐委備之態。人之才性，固各有所宜也。

歐公嘗與宋祁同修《唐書》，又嘗自撰《五代史》，史書文字之佳者，以此爲斷。自《宋史》而下，悉成官書，無足觀矣（此係就文論文。史書當尚文學與否，別是一事）。《五代史》出於獨纂，尤爲精力所粹。

宋祁與兄庠，同登天聖進士弟。（庠，字公序。本名郊，字伯庠。讒者謂其姓符國號，名應郊天，仁宗命改焉。祁，字子京。安州安陸人，徙開封之雍邱。奏名時，祁本居第一。章獻后以弟不可先兄，乃以郊爲第一，祁第十。郊皇祐元年拜相，嘉祐中，復爲樞密使，封莒國公，以司空致仕。卒，謚元憲。祁累遷知制誥，除翰林學士承旨。謚景文。）庠以館閣文字名。而祁通小學，能爲古文。所修《唐書》，文字較舊書爲高雅，然亦流爲澀體，頗爲論者所譏。陳振孫云："景文未第時，爲學於永陽僧舍。或問君好讀何書，答曰：余最好《大誥》。"又曰："景文筆記：'余於爲文似蘧瑗，年五十知四十九年非。余年六十，始知五十九年非。其庶幾至於道乎？每見舊所作文章，憎之，必欲燒棄'。"則其少年好尚奇險，晚亦自知其非矣。以遲暮，不能改絃易轍耳。是以聞道貴早也。

與歐公並時而能爲古文者，自當推曾、王及三蘇。明茅坤始以歐、曾、蘇、王之文，與韓、柳並稱爲八家。世人雖有訾之者，然此八家，在唐、宋諸家中，精光自不可掩。其造詣出於他家之上，亦事實也。宋代六家中，歐、曾二家，性質尤相近。故晁公武謂"歐公門下士，多爲世顯人。議者獨以子固爲得其傳，猶學浮屠者所謂嫡嗣"云。清代桐城派之文，實以法此二家爲最多。（姚姬傳《復魯絜非書》曰："宋朝歐陽、曾公之文，其才皆偏於柔之美者也。歐公能取異己者之長而時濟之，曾公能避所短而不犯"。）然歐、曾之文，仍各有其特色。歐文妙處，在於風神；曾文則議論醇正，雍容大雅，實於劉向爲近。（晁公武云："其自負要似劉向，藐視韓愈以下。"案，此曾公所自蘄，亦學者所共許也。）今所傳劉向校書之序，固多僞作；《戰國策序》，論者多以爲眞，予尙未敢深信。然其文自極佳，而曾氏《戰國策目錄序》，與之酷似。《列女傳目錄序》，陳古刺今，語長心重；《先大夫集後序》，委曲感慨，而氣不迫晦，尤爲傑作。《宜黃縣學記》《筠州學記》兩篇，文字尤質實厚重。要之，南豐之文，可謂頗得《戴記》之妙也。（曾鞏，字子固，南豐人，嘉祐進士。歷典諸州，拜中書舍人。卒，追諡文定。）

三蘇之文，雖大致相同，而亦各有特色：筆力堅勁，自以老泉爲最。然老泉好縱橫家言，恆以權譎自喜，而其言實不可用。（如《明論》云："天下之事，譬如有物十焉。吾舉其一，而人不知吾之不知其九也。歷數之至於九，而不知其一，不如舉一之不可測也，而況乎不至於九也？"此癡話也。天下豈有此等藏頭露尾之策，而可欺人者邪？然老泉議論，大抵此類。）故其議論，多有不中理者。東坡則見解較老泉爲高。雖亦不脫縱橫之習，然絕去作用處，時或近於道家，非如老泉一味以權術自矜也。要之，老泉皆私知穿鑿之談，而東坡實能見事理之眞。故其冰雪聰明處，實非老泉所及。尤妙在能以明顯之筆達之，如《贈吳彥律》篇扣槃捫燭之喻。又如《倡勇敢》篇云："有人人之勇怯，有三軍之勇怯。人人而較之，則勇怯之相去，若莛與楹。至於三軍之勇怯，則一也。出於反覆之間，而差於毫釐之際，故其權在將與君。人固有暴猛獸而不操兵，出入於白刃之中而色不變者；有見虺蝎而卻走，聞鐘鼓之聲而戰慄者。是勇怯之不齊，至於如此。然閭閻之小民，爭鬬戲笑，卒然之間，而或至於殺人。當其發也，其心翻然，其色勃然，若不可以已者；雖天下之勇夫，無以過之。及其退而思其身，顧其妻子，未始不惻然悔也。此非必勇者也，氣之所乘，則奪其性而忘其故。古之善用兵者，用其翻然勃然於未悔之間。而其不善者，沮其翻然勃然之心，而開其自悔之意，則是不戰而先自敗也。"其罕譬而喻，深入顯出，幾可謂獨步古今矣。東坡文字，當分少年與晚年觀之。少年文字，如《策略》《策斷》等，氣勢極盛，然體格多有未成處。（姚姬傳評其《策略五》云："此篇立論極善，而文不免於冗長，此東坡少年體有未成處。"案東坡文字，并有俗陋不大雅者，如世所習誦之《潮州韓文公廟碑》是。）晚年文字，則心手相忘，獨立千載。議論文字，如《志林》；敍事文字，如《徐州上皇帝書》是也。東坡自言少年文字極絢爛，晚乃歸於平淡，可謂自知其功候。又謂"吾文如萬斛源泉，不擇地而施。及其與山石曲折，則隨物賦形，有不可知者"。又曰："文字無定形，惟行乎其所不得不行，止乎其所不得不止。"可謂能自道其晚年之勝境矣。潁濱之文，氣象不如其父之雄奇；才思橫溢，亦非乃兄之敵。然議論在三家中最爲平正，文亦較有夷猶淡蕩之致，則亦非父兄所能也。然此在三家中云爾：較之他家，則仍有駿發蹈厲之勢。故又非歐、曾之倫。（東坡謂："子由之文，汪洋淡泊，有一唱三歎之聲，而其秀傑之氣，終不可沒。"亦可謂知子由者。蘇洵，字明允，號老泉，眉州眉山人。至和中，以歐陽修薦，除校書郎。子軾，字子瞻，一字和仲。嘉祐時，歐陽修典禮部試所取士也。神宗時謫黃州。築室東坡，自號東坡居士。後卒於常州，諡文忠。轍，字子由，一字同叔，與軾同舉進士。老於許州，自號潁濱遺老。諡文定。）

　　荊公文格，在北宋諸家中爲最高。或謂八家中除韓文公外，卽當推荊公云。荊公爲文，與歐公異。歐公之文，皆再三削改而成。

(《朱子語類》云:"有人買得《醉翁亭記》稿。初說滁州四面有山,凡數十字。末後改定,只曰'環滁皆山也'五字而已。"案世所習誦之《瀧岡阡表》,亦經改削,初稿尚存集中。)荊公則運筆如飛,初若不經意,既成,則見者皆服其精妙。蓋其天分,實有不可及者在也。荊公文世皆賞其拗折,其實其不可及處,乃在議論之正大,識解之高超,筆力之雄峻。具此三者,拗折則自然而致,所謂"氣盛則言之短長與聲之高下皆宜"也。《上皇帝書》,實為宋代第一大文。當時堪與比方者,惟東坡之《上皇帝書》。然坡公文襲用當時文體,雖論者稱其高朗雄偉,為宣公所不及,然較之荊公此篇,則氣格卑下矣。其說理之文,如《原性》《性情論》等,皆謹嚴周匝。細讀之,真覺如生鐵鑄成,一字不可移易。《周禮義序》《度支廳壁題名記》,不啻政見之宣言書;苞蘊宏富,而皆以百許字盡之。讀之只覺其精湛,而不覺其艱深。此則雖韓公不能,他家無論也。敍事之作,亦因物賦形,曲盡其妙。卽就誌銘一體觀之,或則隨筆鋪敍,或則提挈頓挫,或寓議論感慨,或述離合死生;數十百萬,無兩篇機杼相同者,真可謂筆有化工矣。(王安石,字介甫,號半山,撫州臨川人。擢進士第。神宗時再入相。封舒國,改荊國公,諡文。)

與歐、曾、蘇、王相先後者,范仲淹(字希文,蘇州吳縣人。祥符進士。元昊反,副夏竦經略陝西。後拜樞副,進參政。銳意改革,為僥倖者所不悅,未幾罷去。諡文正)、司馬光(字君實,陝州夏縣人,學者稱涑水先生。寶元進士。神宗時,官御史,以反對新法,居洛十五年。哲宗初,起為相,盡罷新法。卒,諡文正)、劉敞(字原父,臨江新喻人。學者稱公是先生。慶曆進士。以集賢院學士,判南京御史臺)、劉攽(敞弟,字貢父。學者稱公非先生。慶曆進士。歷州縣二十五年。晚乃遊館學。哲宗時,掌外制),亦皆能為古文。仲淹之作，氣體不甚高。（讀世所習誦之《岳陽樓記》可見。）光氣體醇雅，而不甚健。敞文甚古雅，亦極自負。（葉夢得曰："敞將死，戒其子弟，毋得遽出吾文。後百年，世好定，當有知我者。"晁公武曰："英宗嘗語及原父，韓魏公對以有文學。歐陽公曰：'其文章未佳，特博學可稱耳。'"葉氏謂"原父與文忠論《春秋》，間以謔語酬之。文忠不能平。後忤韓魏公，終不得爲翰林學士"，則原父之文，韓、歐皆不甚謂然也。）而好"摹放❶古語句"（晁公武語），敞亦有此病，皆不免食古而未化云。（《朱子語類》："劉原父文多法古，極相似。有幾件文字學《禮記》。《春秋說》學《公穀》。"又謂"劉貢父文字，工於摹放❶。學《穀梁》《儀禮》"。）

　　蘇氏之門，黃庭堅（字魯直，洪州分寧人。第進士，除右諫議大夫。後責授涪州別駕）、秦觀（字少游，一字太虛，高郵人，第進士。元祐初，以蘇軾薦，除祕書省正字。後坐黨籍，徙郴州）、張耒（字文潛，楚州淮陰人，第進士。元祐初，仕爲起居舍人。徽宗時，至太常少卿）、晁補之（字无咎，鉅野人。元豐進士。元祐除校書郎。紹聖末，落職監信州酒稅。大觀中，起知泗洲，卒），稱四學士（以其同入館也。見晁公武《讀書志》）。益以陳師道（字無己，號后山居士。彭城人。元祐中，侍從合薦於朝，召爲太學博士。紹聖初罷。建中靖國初，入爲祕書省正字）、李廌（字方叔，華州人），稱六君子。四學士中，庭堅長於詩，觀工偶儷，而補之、耒善古文，世竝稱爲晁、張（庭堅《與秦觀書》曰："庭堅心醉於《詩》與《楚辭》，似若有得。至於議論文字，當付之晁、張及少游、無己。"案少游議論文，筆力稍弱）。師道在當時不以文名。而《四庫提要》謂"其文簡嚴密栗，

---

❶ "放"當爲"仿"。——編者註

不在李翱、孫樵下"，又謂"廌文才氣橫溢，大略與蘇軾相近。故軾稱其筆墨瀾翻，有飛沙走石之勢。馳驟秦觀、張耒間，未遽步其後塵"也。（李格非，字文叔，濟南人。與蘇門諸子，往還甚密。劉後村謂："其文高雅條鬯，在晁、張上。詩稍不逮。"）

荆公之友，有侯官三王：曰回，字深父；曰向，字子直；曰囘，字容季；與歐、曾、劉原父游，皆早世。南豐序其文集，竝極稱之。馬端臨謂"其文當與曾、蘇相上下。惜晁、陳二家，竝不著錄，《四朝國史》（紹興時所修神宗、哲宗、徽宗、欽宗四朝之史也。至淳熙時乃成，首尾凡三十年）《藝文志》，有《王深父集》十卷，僅曾《序》所言之半。而子直、容季之文，則并卷帙多少，亦不能知"矣。

宋代理學盛行。理學家於學問且以爲玩物喪志，而況文辭？於文辭之雅正者，且以爲無異俳優，何況淫豔？（謝良佐對明道舉文書，成篇不遺一字。明道曰："賢卻記得許多，可謂玩物喪志。"《通書》曰："文所以載道也，不知務道德，而第以文辭爲能者，藝焉而已。"又曰："聖人之道，入乎耳，存乎心，蘊之爲德行，行之爲事業。彼以文辭而已者，陋矣！"伊川曰："古之學者爲己，其終至於成物；今之學者爲人，其終至於喪己。學也者，使人求於內也。不求於內而求於外，非聖人之學也。何謂不求於內而求於外？以文爲主者是也。學也者，使人求於本也。不求於本而求於末，非聖人之學也。何謂不求於本而求於末，考詳略、采同異者是也。是皆無益於身，君子弗學。"又曰："今爲文者，專務悅人耳目。既務悅人，非俳優而何？"宋儒此等議論甚多，此特其最著者而已。）然欲求知古人之意，不能不通其文。欲求載道而用世，亦不能盡廢文辭。故理學家雖賤視文藝，究之所吐棄者，不過靡麗雕琢之文；而於古文，則不徒不能廢棄，轉以反對淫豔之文故，而益增其盛也。（曾國藩

《湖南文徵序》："自東漢至隋，大抵義不單行，辭多儷語。卽議大政，考大禮，亦每綴以排比之句，間以婀娜之聲，歷唐代而不改。雖韓、李銳志復古，而不能革舉世駢體之風。宋興既久，歐陽、曾、王之徒，崇奉韓公，以爲不遷之宗。適會其時，大儒迭起，相與上探鄒、魯，研討微言。羣士慕效，類皆法韓氏之氣體，以闡明性、道。自元、明至康、雍之間，風會略同。"頗能道出理學與文學之關係。要之，理學家無意提倡古文，而古文卻因理學之盛行而增其盛，事固有出於不虞者也。）宋學開山，當推周、程、張、邵；而其先導，則爲安定、泰山、徂徠。（胡瑗，字翼之，泰州如皋人。世居安定，學者稱安定先生。孫復，字明復，晉州陽平人。退居泰山，學者稱泰山先生。石介，字守道，兗州章符人。居徂徠山下，學者稱徂徠先生。黃東發謂本朝理學，雖至伊、洛而精，實自三先生始。全謝山撰《宋儒學案》，以三先生居首。周敦頤，字茂叔，道州營道人。知南康軍，家廬山蓮花峯下。有溪合於湓江，取營道故居濂溪之名名之，學者稱濂溪先生。程灝，字伯淳，洛陽人，學者稱明道先生。弟頤，字正叔，學者稱伊川先生。張載，字子厚，鳳翔郿縣橫渠鎮人，學者稱橫渠先生。邵雍，字堯夫，范陽人。家河南。謚康節。）泰山號能爲古文。潁濱作《歐公墓碑》，載歐公之言謂："於文得尹師魯、孫明復，而意猶不足。"《四庫提要》則謂"明復之文，謹嚴峭潔，卓然儒者之言，與歐、蘇、曾、王，千變萬化，務極文章之能事者，又別爲一格"。蓋非求工於文者。徂徠極推柳開之功，復作《怪說》以排楊億。於古文之興，尤有關係。王漁洋《池北偶談》稱其"倔強勁質，有唐人風，較勝柳、穆二家，而終未脫草昧之氣"。蓋亦在明而未融之候也。周子之《通書》，張子之《正蒙》《東銘》《西銘》，小程子之《四箴》，皆爲學者所稱。然惟

《西銘》，情文兼至，不愧作者。《通書》《正蒙》雖謹嚴，而拘而不暢，樸而不華。謂爲載道之作則有之，譽其文辭之工，則阿私所好矣。劉牧撰《易數鉤隱圖》，以天地生成之數爲《河圖》，戴九履一之數爲《洛書》，實與周子之《太極圖》、邵子之《先天圖》，鼎立而三。雖理學之精蘊，不必在是，而其導源於是，則不可誣。而牧亦能爲古文。而《先天》《太極》二圖，又皆原出穆修。理學家與古文之關係，誠可謂深矣。（王禹偁《東都事略·儒學傳》謂陳摶讀《易》，以數學授穆修，修以授种放，放授許堅，堅授范諤昌。朱震《經筵表》謂陳摶以《先天圖》傳种放，放傳穆修，修傳李之才，之才傳邵雍；放以《河圖》《洛書》傳李溉，溉傳許堅，堅傳范諤昌，諤昌傳劉牧。修以《太極圖》傳周敦頤，敦頤傳程顥、程頤。劉牧，字先之，衢州西安人。仕終荊湖北路轉運判官。）

然諸家於古文，雖有關係，而其文要不可謂甚工。南渡以後，乃有一朱子出焉（名熹，字元晦，婺源人。父松，爲政和尉，僑寓建州。朱子自署：或曰晦菴，或曰晦翁。亦稱雲谷老人，又稱滄州病叟。嘗榜所居曰紫陽書堂，又築亭曰考亭，故學者亦以紫陽、考亭稱之，諡曰文）。朱子雖以理學名，而於學無所不窺，於文亦功力甚深。特其論文，以見道明理爲主，不欲以文辭見長而已。朱子文學南豐，微嫌氣弱而不舉；然其說理之文，極爲精實（讀《大學中庸章句序》可見）。敘事論事之作，亦極明晰。《上孝宗封事》，委婉曲折，意無不盡；較之曾公，亦無多讓，誠南渡後一作手也。

朱子與張栻（字敬夫，緜竹人，居衡陽，浚之子也。諡宣，學者稱南軒先生）、呂祖謙（字伯恭，祖好問，始居婺州，學者稱東萊先生。諡成，改諡忠亮），並稱乾淳三先生。祖謙亦能文，《宋文鑑》即其所輯。祖謙長於史學，故其文多熟權利害，而有豪邁駿發之氣。其體格不如朱子之高，然世所習誦之《左氏博議》，則祖謙摹擬應試文字之作；其他作，亦不俗陋至是也。永嘉、永康，在理學中爲別派，其宗旨不必盡與東萊合，然皆漸染其好談史學之風氣，固不容疑。兩派巨子，皆能爲文辭。水心後學，工於文者尤多，故在理學中，浙學與文學，實關係最深者也。

永嘉巨擘，爲陳傅良及葉適。（傅良，字君舉，瑞安人，學者稱止齋先生。適，字正則，永嘉人，學者稱水心先生。）傅良之學，出於薛季宣（字士龍，永嘉人）。季宣之學，出於程門（季宣師事袁道潔，袁道潔師事二程），而加之典章制度，欲見之施行。傅良承其遺風，故其學皆務有用，而文亦足以副之。適當韓侂冑用兵時，欲借其名以草詔，力陳不可。及敗，乃出制置江淮。受任於敗軍之際，奉命於危難之間，其措施殊有可觀。其於世務利害，籌議尤熟。傅良文極峭勁，適則才氣奔放，要皆用世之文也。永康之學，以陳亮爲巨擘（字同甫，永康人，學者稱龍川先生）。亮慷慨喜言兵，與朱子辯王霸義利，兩不相下。嘗曰："研窮義理之精微，辨析古今之同異；原心於秒忽，校理於分寸。以積累爲工，以涵養爲主；晬面盎背，則於諸儒誠有愧焉。至於堂堂之陳，正正之旗，風雨雲雷，交發而並至；龍蛇虎豹，變見而出沒。推倒一世之豪傑，開拓萬古之心胸，自謂差有一日之長。"其氣概可想。其文亦才辨縱橫，有不可一世之概。然失之於粗，且不免矜夸之習，實不逮水心與止齋也。

南宋爲散文既盛之世，承學之士，多能爲之。又以國步艱難，頗多慷慨激昂之論。（如胡銓、胡安國等皆是。）一時風氣如是，不皆可謂之能文。今錄止齋、冰❶心文各一篇於後，可以見一時之風氣焉。

---

❶ "冰"，當爲"水"。——編者註

張耳、陳餘、酈食其論

陳傅良

圖天下者,自有天下之勢,書生之論不知也。圖天下而守書生之論,不敗事者寡矣!昔者秦之趨亡,陳、吳、劉、項之徒,崛起荆棘,以匹夫爭天下。無隻民塊土,以爲之階;而勢非可以仁義爲也。故惟急功而疾戰,寸攘而尺取。世謂十夫逐鹿,一夫得鹿,九人拱手。倚人以爲外援,則不足以自固矣。而陳餘、張耳,以立六國後,蔫之楚涉,以弱秦。酈生亦以其謀用之漢高以撓楚。噫,書生之陋如此哉!夫六國之君,亟因其民而魚肉之,卒不能守,而入於虎狼之秦。天下之苦六國,不减秦也。知秦之可亡,而不知六國之不可復,其謀固已疏矣,况乎六國之後,而能信其民,果不爲陳、劉之憂哉?盜主人之金,而寄諸其鄰,責其不吾得,不可也。以匹夫謀人之天下,而又借助於人,是更生一敵也。夫以項氏之强,掌握土宇,列置諸將而王之,不便其不叛楚。及天下旣定,漢高刑白馬以封功臣,恩甚渥也;然環視而爭衡者,没高帝之齒而不絕。孰謂搶攘之際,憑之以犄角,而能使之不吾敵邪?嗚乎!將以仆敵,反以滋敵,此書生之論,圖天下者不爲也。

論四屯駐大兵

葉適

敢問四大兵者,知其爲今日之深患乎?使知其爲深患,豈有積五十年之久,而不求所以處此者?然則亦不知而已矣。自靖康破壞,維楊倉卒,海道艱難,杭、越草創。天下遠者,命令不通;近者,橫潰莫制。國家無威信以驅使强悍,而劉光世、張俊等各以成軍,雄視海内。其玩寇養尊,無若劉光世;其任數避事,無若張俊。當是時也,廩稍惟其所賦,功勳惟其所奏。將版之禄,多於兵卒之數。

朝廷以轉運使主餽饟，隨意誅剝，無復顧惜。志意盛滿，仇疾互生，而上下同以爲患矣。及張俊收光世兵柄，制馭無策。呂祉以疏俊趣之，一旦殺帥，卷甲以遁。其後秦檜慮不及遠，急於求和，以屈辱爲安者，蓋憂諸將之兵未易收，浸成疽贅；則非特北方不可取，而南方亦未易定也。故約諸軍支遣之數，分天下之財，特命朝臣以總領之，以爲喉舌出納之要。諸將之兵，盡隸御前；將帥雖出於軍中，而易置皆由於人主，以示臂指相使之勢。向之大將，或殺或廢，惕息俟命，而後江左得以少安，故知其爲深患，若此而已。雖然，以秦檜之慮不及遠也，不止於屈辱爲安，而直以今之所措置者爲大功。盡南方之財力，以養此四大兵，惴惴然常有不足之患；檜徒坐視而不恤也。檜久於其位，老疾而死。後來者習見而不復知，但以爲當然。故朝廷以四大兵爲命，而困民財。四都副統制，因之而侵刻兵食；內臣貴倖，因之而握制將權。蠹弊相承，無甚於此。而況不戰既久，老成消耗，新補惰偷，堪戰之兵，十無四五，氣勢愞弱。加以役使回易，交跋債負，家小日增，生養不足，怨嗟嗷嗷，聞於中外。昔祖宗竭天下之財，以養天下之兵，固前世之所無有；而今日竭東南之財，以養四屯駐之兵，又祖宗之所無有也。夫以地言之，則北爲重；以財言之，則南爲多。運吾之多財，兵強士飽，勢力雄富；以此取地於北，不必智者而後知其可爲也。今奈何盡耗於三十萬之疲卒，襲五六十年之積弊，以爲庸將腐閹，賣粥富貴之地，則陛下之遠業，將安所託乎？陛下誠奮然欲大有爲於天下，攄不可掩抑之素志，以謀夫不同覆載者之深讎，必自是始。使兵制定，而減州縣之供餽，以蘇息窮民，種植基本。於是屬其兵使必鬭，屬其將使不懼，一再當虜，而勝負決矣。兵以少而後強，財以少而後富，其說甚簡，其策甚要，其行之甚易也。

第三章　宋代之駢文

　　駢文至宋，亦爲一大變。追原古昔，駢與散初非二物也。文字所以代語言，以事理論：則對稱或列舉之處，其文自偶；偏舉一端之處，其文自奇。以文情言：則凝重之處，不期其偶而自偶；疏宕之處，不期其奇而自奇。文無獨舉一事者，亦無對稱竝列到底者；而凝重疏宕，亦必錯綜爲用，而後始成其爲文。故自然之文，駢散不分者勢也。散文發達之初，與口語極爲相近。今日視爲高古，而在古人觀之，則嫌其不文，於是就口語加以修飾，句求其整齊，詞求其美麗，是爲後世所謂駢文之濫觴。然特就口語加以修飾，非與口語截然爲二物也。魏晉以降，此風彌盛。遂至用字求其美麗，而俗語皆在所刪；句調求其整齊，則散語幾於不用。而且用典日多，隸事日富。文至此，遂截然與口語分途。物極必反，乃有矯之之古文出焉，其說已見第一章。文學之事，如積薪然，新者既興，舊者不必遂廢；故古文雖盛，駢文亦自有其用焉。蓋以魏晉六朝之文，說理記事，則嫌其華而不實，拘而不暢；而以唐以後之散文，施之應對之際，亦嫌其樸而不文，且太逕直。故宋時說理論事之作，多用散文，而詔誥牋表等，則仍用駢文焉。（《容齋三筆》"四方駢儷於文章爲至淺近，然上自朝廷命令詔册，下而縉紳牋書祝疏，靡不用之"。）駢散分途，各就所長以爲用，亦文學進化之一端。其事亦肇於唐而成於宋也。

一時代之思想，恆有其所偏主之端，大勢所趨，萬矢一的。雖自謂與衆立異者，亦恆受其陰驅潛率而不自知。此一時代之中，所以恆止能成一事；而亦一時代之中，所以恆能成一事也。宋代爲散文盛行之世，斯時之駢文，名爲與古文對立，而實不免於古文化。以宋代之駢文，與宋代之古文較，則爲駢文；以宋代之駢文，與唐代之駢文較，則唐代之駢文，可謂駢文中之駢文；而宋代之駢文，可謂駢文中之散文矣。此等風氣，蓋變自歐、蘇。宋初爲駢文者，無不恪守唐人矩矱，雍穆者遠師燕、許，繁縟者近法樊南。自歐、蘇出，以古文之氣勢，運駢文之詞句，而唐、宋四六，始各殊其精神面貌矣。此種變遷，有得有失，氣之生動，詞之清新，雖極剪裁雕琢之功，仍有漸近自然之妙，宋人之所長也。造句過長，漸失和諧之美；措語務巧，更無樸茂之風；馴至力求清新，流爲纖仄；取徑旣下，氣體彌卑，則其所短也。要之宋代之駢文，與齊、梁以來之駢文較，可謂駢文中之散文。所長在此，所短亦在此也。（謝伋《四六談麈》云："四六施於制誥，表奏文檄，本以便宣讀，多以四字六字爲句。宣和多用全文長句爲對，前無此格。"俞樾《春在堂隨筆》曰："駢體之文，謂之四六，則以四字六字，相間成文爲正格。《困學紀聞》所錄諸聯，如周南仲《追貶秦檜制》曰：'兵於五材，誰能去之，首弛邊疆之禁；臣無二心，天之制也，忍忘君父之讎。'貪用成白，而不顧其冗長，自是宋人習氣。又載王燫《辭督府辟書》曰：'昔溫太眞絕於違母，以奉廣武之檄，心雖忠而人議其失性。徐元直指心戀母，以辭豫州之命，情雖窘而人予其順天。'以議論行之，更宋派之陋者。此派一行，於明人王世貞所作四六，竟有以十餘句爲一聯者。其亦未顧四六之名而思其義乎？"孫梅《四六叢話》

曰："宋初諸公駢體，精敏工切，不失唐人矩矱。至歐公倡爲古文，而駢體亦一變其格。始以排奡古雅，爭勝古人。而枵腹空箇者，亦復以優孟之似，藉口學步，於是六朝三唐，格調寖遠，不可不辨。"又曰："駢儷之文，以唐爲極盛。宋人反詆譏之，豈通論哉？《浮溪》之文，可稱精切。南宋作者，莫能或先，然何可與義山同日語哉？古之四六，句自爲對，故與古文未遠。其合兩句爲一聯者，謂之隔句對。古人慎用之，非以此見長也。義山之文，隔句不過通篇一二見。若《浮溪》，非隔句不能警矣。甚或長聯至數句，長句至數十字，以爲裁對之巧。不知古意寖失，遂成習氣，四六至此，弊極矣。其不相及者一也。義山隸事多而筆意有餘，浮溪隸事少而筆意不足，其不相及二也。若令狐，文體尤高，何以妄爲軒輊乎？"案四六聯太長，句太多，自是宋人一病。至於隸事少，而每一意必以較長之句達之，則正其所以能生動也。古意誠自此寖失，而宋人四六之能自樹立，亦正在此。昔人論文，每不免薄今愛古，見宋四六寖失古意，則必謂唐人爲是，宋人爲非。殊不知此乃文字之變遷，無所謂是非也。若必以恪守舊法爲是，則何不逕效先秦、兩漢之文？而何必斤斤於魏、晉以來之所謂古乎？《浮溪》，汪藻集名）。

宋初以駢文名者，當推徐鉉（字鼎臣，廣陵人）。鉉本南唐詞臣，入宋後，亦直學士院。從太宗征太原，軍中書詔填委，援筆無滯，辭理精當，時論稱之。此外扈蒙（字日用，安次人，晉天福進士。仕周，爲右拾遺，直史館，知制誥。入宋，充史館修撰，與李昉等同編《文苑英華》）、張昭（字潛夫，范縣人，歷事唐、晉、漢、周四朝。入宋，爲禮部尚書，封鄭國公）、李昉（字明遠，饒陽人，仕漢、周兩朝。歸宋，三入翰林，太宗朝，拜平章事。《文苑英華》《太平御覽》《太平廣記》，皆其所修，諡文正）、竇儀（字望之,漁陽人,晉天福進士,周翰林學士。入宋,爲禮部侍郎)、陶穀(字秀實,新平人,仕晉、漢、周三朝。在周爲翰林學士。宋太祖《禪詔》,卽穀出諸袖中者。仕宋爲禮、刑、戶三部尚書)、宋白(字太素,大名人,建隆進士,與李昉同修《文苑英華》),或典詔命,或司文衡,或與纂修,皆五代之遺也。當時駢文,皆恪守唐人矩矱。而鉉文雍容大雅,尤爲一時之冠。南唐後主之卒也,詔鉉爲墓志。鉉乞存故主之禮,許之。其文措辭得體,極爲當時所稱道。今一循誦之,誠穆然見燕、許之遺風也。(其敍南唐之亡曰:"至於荷全濟之恩,謹藩國之度。勤修九貢,府無虛月。祇奉百役,知無不爲,十五年間,天眷彌渥,然而果於自信,怠於周防。西鄰啓釁,南箕搆禍。投杼致慈親之惑,乞火無里婦之辭。始營因壘之師,終後塗山之會。"敍南唐致亡之由曰:"本以惻隱之性,仍好竺乾之教。草木不殺,禽魚咸遂。貴人之善,嘗若不及。掩人之過,惟恐其聞,以至法不勝姦,威不克愛。以厭兵之俗,當用武之世。孔明罕應變之略,不成近功;偃王躬仁義之行,終於亡國。道有所在,復何愧歟?"措詞均可謂極得體。)

稍後以文字名,而能影響一時之風氣者,當推楊、劉。(楊億,字大年,浦城人。年十一,太宗聞其名,詔送闕下。試詩賦,授祕書省正字。後賜進士第。眞宗時,爲翰林學士。官至工部侍郎,兼史館纂修。劉筠,字子儀。大名人,第進士,三入翰林。)楊、劉詩文,皆法義山,後進效之,遂成風會。致石介作《怪說》以詆。(《怪說》云:"周公、孔子、孟軻、揚雄、文中子,吏部之道,堯、舜、禹、湯,文武之道也,三才、九疇,五常之道也。反厥常,則爲怪矣。夫《書》則有《堯典》《舜典》、皋陶、益、稷《謨》《禹貢》、箕子之《洪範》。《詩》則有大、小《雅》,《周頌》《商頌》。

《春秋》則有聖人之《經》。《易》則有文王之《繇》、周公之《爻》、夫子之《十翼》。今楊億窮妍極態；綴風月，弄花草；淫巧侈麗，浮華纂組；刓鍥聖人之經，破碎聖人之言，離析聖人之意，盡傷聖人之道。使天下不爲《書》之《典》《謨》《禹貢》《洪範》，《詩》之《雅》《頌》，《春秋》之《經》，《易》之《繇》，《爻》《十翼》，而爲楊億之窮妍極態，綴風月，弄花草，淫巧侈麗，浮華纂組，其爲怪大矣"。）優伶有撏撦之譏。（劉攽《中山詩話》："祥符、天禧中，楊大年、錢文僖、晏元獻、劉子儀，以文章立朝，爲詩皆宗李義山，後進多竊義山語句。嘗內宴，優人有爲義山者，衣服敗裂，告人曰：吾爲諸館職撏撦至此。聞者歡笑"。）然專以塗澤爲工，自是放效之失。億等詩文，固皆有根柢，雖華靡，尚不失典型也。今錄楊億文一篇於下，以見其概。

謝賜衣表

楊億

解衣之賜，猥及於下臣。挾纊之仁，更均於列校。光生郡邸，喜動轅門。伏以皇帝陛下，誕膺玄符，恭臨大寶。惠務先於逮下，志惟在於愛人。鳥獸氄毛，俯及嚴凝之候。衣裳在笥，爰推賜予之恩。在渙汗之所沾，雖容光而必照。如臣者，任叨符竹，地僻甌、吳。奉漢詔之六條，方深祗畏；分齊官之三服，忽荷頒宣。纂組極於纖華，純綿加於麗密。璽書下降，切窺雲漢之文。驛騎來臨，更重皇華之命。但曳婁而增惕，實被服以難勝。矧於戎行，亦膺天寵。干城雖久，皆無汗馬之勞。守土何功，獨懼濡鵜之刺。仰瞻宸極，惟誓糜捐。

此外以駢文名者，又有夏竦（字子喬，德安人。仁宗時爲相。封英國公。諡文莊），宋庠、宋祁兄弟，王禹偁，胡宿（字武平。常州晉陵人，進士。仕至樞副，諡文恭），王珪（字禹玉，成都華陽人，徙舒。慶曆進士，神宗時爲相，諡文）等。竦所作，以朝廷典册居多，論者稱其風骨高秀，有燕、許之遺風。庠館閣之作，沈博絕麗。祁修《新唐書》，務爲艱澀；又刪除駢體，一字不登。而其駢文，則確守唐人矩矱，蓋古文所以求合於古，而駢文則所以求適於時，故其途轍不同也。王禹偁散文務清眞，而駢文亦宏麗典贍。胡宿、王珪，皆久典制誥，文極雍容華貴。要之，此時之駢文，仍未脫唐人格式也。至歐陽修出，而其體一變。

唐代駢文，亦殊風會。初唐四傑之作，沈博絕麗。燕、許出，務於典則。樊南稍流麗矣。楊、劉之專法義山，實亦隱開宋代風氣，特未嘗參以散文之法耳。歐公出，乃以流轉之筆，運雅淡之詞。南豐、荆公、子瞻兄弟，相與和之，而境界一變矣。今錄南豐《賀明堂禮成肆赦表》、東坡《乞常州居住表》各一篇於下：曾作爲色澤最古雅者，蘇文則氣勢最生動者也。

賀明堂禮成肆赦表

曾鞏

昊天無聲之載，人莫能名。先帝罔極之恩，物何以稱。維總章之定位，秩宗祀之洪儀。祇薦至誠，用伸昭報。伏惟陛下，躬夙成之聖質，而博古多聞；經特起之大猷，而虛心廣覽。振千齡之墜緒，紹三代之遐蹤。霈澤之所涵濡，太和之所煦嫗；華夏蠻貊，無一夫不獲其宜；草木蟲魚，無一物不遂其所。爰求祭典，用告王功。蓋諸儒之說爲不經，則折衷於夫子；而近世之事爲非古，則取法於周公。罷黜異端，推明極孝。以尊莫大於祖，故郊於吉土以配天；以本莫重於親，故享於合宮以配帝。恩義兩得其當，情文皆盡其詳。撤俎云初，均釐甚廣。昭哉皇矣，實難偶之昌期；巍乎煥焉，信非常之盛禮。臣幸逢熙洽，未奉燕閒。一違前蹕之音，四遇親祠之慶。青雲外士，皆預橋門之聽觀。黃髮孤生，獨歎周南之留滯。

乞常州居住表

蘇軾

臣聞聖人之行法也，如雷霆之震草木，威怒雖盛，而歸於欲其生。人主之罪人也，如父母之譴子孫，鞭撻雖嚴，而不忍致之死。臣飄流棄物，枯槁餘生，泣血書詞，呼天請命，願回日月之照，一明葵藿之心。此言朝聞，夕死無憾。臣昔者嘗對便殿，親問德音。以蒙聖知，不在人後。而狂狷妄發，上負恩私。既有司皆以爲可誅，雖明主不得而獨赦。一從吏議，坐廢五年。積憂熏心，驚齒髮之先變；抱恨刻骨，傷皮肉之僅存。近者蒙恩，量移汝州。伏讀訓詞，有"人材實難，弗忍終棄"之語。豈獨知免於縲絏，亦將有望於桑榆。但未死亡，終見天日。豈敢復以遲暮爲歎，更生僥覬之心。但以祿廩久空，衣食不繼。累重道遠，不免舟行。自離黃州，風濤驚恐。舉家重病，一子喪亡。今雖已至泗州，而貲用罄竭，去汝尚遠，難於陸行。無屋可居，無田可食。二十餘口，不知所歸。飢寒之憂，近在朝夕。與其強顏忍恥，干求於衆人；不若歸命投誠，控告於君父。臣有薄田，在常州宜興縣，粗給饘粥。伏望聖慈，許於常州居住。又恐罪戾至重，未可聽從便安，輒叙微勞，庶蒙恩貸：臣先在徐州日，以河水浸城，幾至淪陷。臣日夜守捍，偶獲安全，曾蒙朝廷，降勑獎諭。又嘗選用沂州百姓程棐，購捕凶黨，獲謀反妖賊李鐸、郭廷等一十七人，亦蒙聖恩，保明放罪。皆臣子之常分，無涓埃之可言。冒昧自陳，出於窮迫。庶幾因緣僥倖，功過相除；稍出羈囚，得從所便。重念臣受性剛褊，賦命奇窮。既獲罪於天，又無助於下，怨尤交積，罪惡橫生。羣言或起於愛憎，孤忠遂陷於疑似。中雖無愧，不敢自明。向非人主，獨賜保全，則臣之微生，豈有今日！伏惟皇帝陛下，聖神天縱，文武生知。得天下之英才，已全三樂；躋斯民於仁壽，不棄一夫。勃然中興，可謂盡善，而臣抱百年之永歎，悼一飽之無時。貧病交攻，死生莫保。雖鳧雁飛集，何足計於江湖；而犬馬蓋帷，猶有求於君父。敢祈仁聖，少賜矜憐！

　　唐人奏議，用駢文而意無不達者，莫如陸宣公。後人多效之，然高者莫能至，下者無論矣。宋人之作，乃有突過前賢者，如東坡《上皇帝書》是也。（見前章。）又如荊公《本朝百年無事劄子》云："然本朝累世，因循末俗之弊，而無親友羣臣之議。人君朝夕與處，不過宦官女子；出而視事，又不過有司之細故；未嘗如古大有爲之君，與學士大夫，計論先王之法，以措之天下也。一切因任自然之理勢，而精神之運，有所不加；名實之間，有所不察。君子非不見貴，然小人亦得廁其間；正論非不見容，然邪說亦有時而用。以詩賦記誦求天下之士，而無學校養民之法；以科名資歷敘朝廷之位，而無官司課試之方。監司無檢察之人，守將非選擇之吏。轉徙之亟，既難於考績；而遊談之衆，因得以亂眞。交私養望者，多得顯官；獨立營職者，或見排沮。故上下偷惰，取容而已。雖有能者在職，亦無以異於庸人。農民壞於繇役，而未見特見救恤；又不爲之設官，以修其水土之利。兵士雜於疲老，而未嘗申敕訓練；又不爲之擇將，而久其疆埸之權。宿衞則聚卒伍無賴之人，而未有以變五代姑息羈縻之俗。宗室則無教訓選舉之實，而未有以合先王親疏隆殺之宜。其於理財，大抵無法。故雖儉約而民不富，雖憂勤而國不彊。賴非夷狄昌熾之時，又無堯、湯水旱之變，故天下無事，過於百年。雖曰人事，亦天助也。"亦沿用當時文體，而參以古文筆法者也，則彌爲樸茂矣。蓋宣公究以駢文爲駢文，而蘇、王則以古文爲駢文者也。

宋代爲崇實黜華之世，四六一體，頗有厭棄之者。英宗時，溫公除翰林學士，以不能爲四六辭，強之乃受。神宗命知制誥，辭如故，神宗許以用散文。今《傳家集》中，間存四六。原非不能爲者，特不樂爲耳。晁公武《讀書志》，謂"南豐晚年始居掖垣。屬新官制，除目填委。占紙肆書，初若不經意。及屬草授吏，所以本法意，原職守，爲之訓敕者，人人不同。贍裕雅重，自成一家。"今案南豐除授之制，頗有仿漢文爲之，與當時體制絕異者。蓋一時風氣所趨，高明之士，遂不樂爲流俗所限也。（子固弟肇，字子開。第進士，歷九郡，晚居翰林。制誥亦以典雅稱。）

歐、蘇而後，駢文漸趨雅淡，惟秦少游設色最爲綺麗。兩宋之世，詩文有齊、梁色采者，淮海一家而已。今錄其文一篇，以見其概。

賀元會表

秦觀

十三月爲正，既前稽於夏道。二千石上壽，仍參承於漢儀。盛旦載逢，彝章具舉。伏惟皇帝陛下：財成天地，參竝神明。命義、和之二官，謹《春秋》之五始。調和元氣，撫御中區。肆屬春王之朝，肇修元會之禮。雞人呼旦，庭燎有光。外則虎賁羽林，嚴宿衛之列。內則謁者、御史，肅班行之容。漏未盡而車輅陳，蹕既鳴而鼓鐘作。應龍高舉，雲氣畢從。北極上臨，星宿咸拱。受四海之圖籍，拜萬國之衣冠。歲月日時，於焉先正。聲明文物，粲爾可觀。邁康王、鄭宮之朝，掩高帝、長樂之事。藹頌聲而並作，鬱協氣以橫流。臣比遠天光，遞更年籥。職拘藩國，莫瞻龍袞之升；心析宸居，但樽獸折之列。

南北宋間，以文采擅名者，有王安中（字履道，中山陽曲人，第進士。政和間，爭言瑞應，羣臣輒表贊。徽宗覽其作，稱爲奇才。他日，出制詔二題，使具草，立就。上卽草後，批可中舍人。宣和拜尚書右丞。靖康貶單州，高宗立，徙道州，卒）、綦崇禮（字叔厚，高密人，徙淮之北海，十歲能作邑人墓銘。登重和元年上舍第，尋拜中書舍人，以寶文閣直學士，知紹興府。退居台州，卒）、孫覿（字仲益，蘭陵人。大觀三年進士，官終龍圖閣待制）、汪藻（字彥章，饒州德興人。崇寧進士。高宗時，爲中書舍人，兵部侍郎），而藻尤爲諸家之冠。《隆祐太后手書》，最爲世所稱道。（其最精警處曰：「緬惟藝祖之開基，實自高穹之眷命。歷年二百，人不知兵。傳序九君，世無失德。雖舉族有北轅之釁，而敷天同左袒之心。乃眷賢王，越居舊服。已徇羣臣之請，俾膺神器之歸。繇康邸之舊藩，嗣我朝之大統。漢家之厄十世，宜光武之中興；獻公之子九人，惟重耳之尚在。茲惟天意，夫豈人謀。」）他如《王倫充通問使制》曰：「朕既俯同晉國，用魏絳以和戎。爾其遠慕侯生，御太公而歸漢。」《遙賀太上皇表》云：「帝堯游汾水之陽，久忘天下。文王遇《明夷》之卦，益見聖人。」運用故實，皆如彈丸脫手。典雅精切，眞無愧矣。後出最有名者，爲三洪（适，字景伯，鄱陽人，皓長子也。與弟遵同中紹興十二年鴻博。後三年弟邁亦登，是科。遵，字景嚴。邁，字景廬，邁學最博，嘗撰《容齋隨筆》《夷堅志》，見第六章）。及周必大（字子充，廬陵人，紹興進士。又中詞科，相孝宗，封益國公。諡文忠）、樓鑰（字大防，自號攻媿主人。明州鄞縣人。隆興元年，試南宮，以犯諱當黜。知舉洪遵，奏收寘末甲首。後擢中書舍人，進參知政事，諡宣獻）、陸游、楊萬里（見下章），皆以詩名，而四六亦精妙。孫梅稱萬里「屬對出自意外，妙若天成，南宋諸家皆不及"。又謂真德秀"爾雅深厚，華而有骨，質而彌工。卓然爲南渡一大家"。（真德秀，字景元，浦城人，慶元進士。中詞科，紹定時，爲參政，諡文忠。世稱西山先生。）案西山爲理學名家。文文山（文天祥，字宋瑞，一字履善，號文山，吉水人。舉進士第一，中詞科。德祐初勤王，拜右丞相。益王時，進左丞相。以都督出兵江西，爲元所執，拘於燕三年不屈死）、謝疊山（謝枋得，字君直，號疊山，弋陽人，寶祐進士。德祐初，知信州。元兵東下，信州不守，變姓名入閩。宋亡，元人欲起之，不可。強之赴北不食死），爲忠義之士，而其四六皆極工。斯時四六之文可以見矣。

然南宋之世四六境界實亦小有變遷。凡文字，後出者彌巧；亦以巧故，而寖先古意至於無可復巧，而其變窮矣。李劉（字公甫，號梅學，崇仁人。嘉定進士，仕至寶章閣待制）、方岳（字巨山，號秋崖，歙縣人，紹定進士。爲趙葵參議，後知南康軍），皆爲四六專家。劉所作，其弟子羅逢吉編輯之，名之曰《四六標準》。凡四十卷，千有九十六首，可謂宏富矣。《四庫提要》云："自六代以來，箋啓即多駢偶。然其時文體皆然，非以是別爲一格也。至宋而歲時通候，仕宦遷除，吉凶慶弔，無一事不用啓，無一人不用啓；其啓必以四六，遂於四六之內，別有專門。南渡之始，古法猶存。孫覿、汪藻諸人，名篇不乏。迨劉晚出，惟以流麗穩帖爲宗，無復前人之典重。沿波不返，遂變爲類書之外編、公牘之副本，而冗濫極矣。然劉之所作，頗爲隸事精切，措詞明暢。在彼法之中，猶爲寸有所長。故舊本流傳，至今猶在。錄而存之，見文章之中，有此一體爲別派；別派之中，有此一人爲名家；亦足見風會之升降也。"岳之作曰《秋崖集》，《提要》稱其"名言雋句，絡繹奔赴，可與劉克莊相伯仲"。（克莊，字潛夫，號後村。莆田人，淳祐特賜同進士出身。

除祕書少監，兼中書舍人。）案克莊與劉，同爲眞西山弟子。西山所作，猶存古意。而克莊及岳，專以修飾詞句見長。洪焱祖作《秋崖傳》，謂其詩文四六，不用古律，以意爲之，語或天出。其能清新在此；其彌巧而彌薄，至於窮而無可復變，亦在此矣。今錄洪适及李劉文各一篇，以見南渡初年與末造，風氣之大概焉。（南宋末四六，惟陳耆卿所作，頗有渾灝流轉之氣，故葉適深歎賞之。耆卿，字壽老，號筼窗，臨海人，嘉定進士，官至國子監司業。所著《筼窗集》，《四庫》有從《永樂大典》輯本）。

謝除祕書省正字啓

洪适

約法三章，初乏刊修之善；聚書四部，遽叨是正之除。仰拜恩私，內深感懼。竊以乘槎向漢，瞻東壁之文星；結綬登籤。列西峴之仙籍。是稱美職，以待勝流。蓋將爲選用之階，故聊試校讎之事。惟圖書之錯亂，自古已然；而籖勝之散亡，於今尤甚。幸昭代求遺之旣廣，致積年著錄以寖全。多《魯論》之二篇，類皆紛揉；脫《酒誥》之一簡，詎免斷殘。豕亥相傳，銀根未定。克稱厥任，亦難其人。如某者，識智卑凡，材資么麼，伏周、孔之軌躅，雖欲自強；漸游、夏之淵源，其如弗及。每省鼠窮之技，敢逃狗曲之嗤。乃刻楮以偶成，致吹竽而濫中。脫州縣一行之吏，裁國家三尺之文。奏篇方冒於殊恩，出綍復榮於華貫。才非七步，已無子墨之可稱；學媿五車，政恐雌黃之妄下。遂竊登瀛之美，更增入洛之榮。接武英臞，偶棣花之同列；覃思蓺圃，庶藜杖之分光。自揆僥逾，率歸推擇。茲蓋伏遇某官，經邦道備，致主勛高。巨艦濟川，獨任維持之重；大鈞播物，曲全造化之工。若富家兼積於胼胝，故匠氏不遺於根闑。致茲瑣質，得進清途。某敢不克己自修，銘心圖報。朝廷旣正，固無劉晏之憂；書策在前，遂畢李邕之願。

謝董侍郎薦舉啓

李劉

　　隨驃騎之幕，濫備執鞭。剡公車之章，遽蒙推轂。心感恩於破白，面抱愧而發紅。兹伏念某：秉生多艱，從宦尤拙。貴人令其出門下，旣不善於步趨；大夫羅而致幕中，亦倍勤於收拾。豈謂半年之內，復爲千里之行。治法征謀，紛紛未定。幕籌檄筆，碌碌無奇。然白日實照其精誠，則赤雲可占於勝氣。況值匈奴百年之運，必復《春秋》九世之讎。颭犀札而咤聲旍，在此行矣。對龍額而獵麟角，竊有望焉。曾未輸橫草之勞，何遽辱采蘋之薦？乏吳下阿蒙之學，顧曰淹該。無江南子有之詞，反云典一麗。裨益之功甚寡，獎予之費何多？伏遇某官：以社稷臣，爲詩書帥。孤忠可貫於日月，至誠足達於天淵。一鶴一琴，人皆望清獻之出。萬牛萬甕，賊必待崇文之擒。佇觀十乘之行，大作三軍之氣。繫單于之頸，慰祖宗在天之靈；犁匈奴之庭，爲蠻夷猾夏之戒。於以侈旂常之績，歸而策鼎鼐之勳。凡在紅蓮綠水之間，必入赤箭青芝之用。某敢不力磨其鈍，圖稱所蒙。插羽銘山，敢衒文章之小技。冶金伐石，願歌竹帛之大功。

第四章　宋代之詩

今人論詩之派別者，不曰唐，則曰宋，無曰元、明、清者。以唐、宋詩各有特色，能自成一派。而自元以降，則非學唐，卽學宋，卒未能別成一派，與唐宋鼎足而三也。唐、宋詩相較，自以唐詩爲勝。以唐詩意在言外，而宋詩意盡句中。唐詩多寓情於景，宋詩或舍景言情。詩以溫柔敦厚爲宗，自以含蓄不盡爲貴。宋詩非不佳，若與唐詩竝觀，則覺其儈父氣矣。然宋之變唐，亦有不得不然者。無論何種文字，皆貴戞戞獨造，而賤陳陳相因。唐詩初、盛、中、晚，各擅勝場。在彼境界之中，業已發洩殆盡。率此而往，其道則窮。故宋人別闢一境界，雖不能如唐詩之渾厚，然較諸因襲唐人，有其形而無其質者，則有閒矣。試以後來貌學唐人者，與宋詩比較自知。故宋詩者，實能卓然自立於唐詩之外，而不爲之附庸者也。（論詩以唐、宋分界，實亦約略之詞。若細別之，則當以初唐爲一境界，盛唐爲一境界，中晚唐爲一境界，宋自慶曆以後，又爲一境界。宋詩較之初、盛唐則薄；較之中、晚唐，則有振起之功。）

宋詩之能卓然自立，在慶曆時，若其初年，則仍沿中、晚唐餘韻。九僧及西崑是也。九僧者，曰劍南希晝、金華像遲、南越文兆、天台行肇、沃州簡长、靑城惟鳳、江東宇昭、峨眉懷古、淮南惠崇。其詩流傳不久，故歐公《六一詩話》已只記惠崇，而忘其餘八人之名。明末，毛晉得宋本刻之，而九僧詩，乃獲流傳。方虛谷（名回，字萬里，歙人。景祐進士。守嚴州，降元）謂九僧詩皆學賈島、周賀。清紀昀則謂源出中唐，乃十子之餘響。案古人心力所在，恆與之融化而不自知。惠崇有"河分岡勢斷，春入燒痕青"之句。或嘲之曰："河分岡勢司空曙，春入燒痕劉長卿。不是師兄多犯古，古人詩句犯師兄"。可見其神與十子會。紀氏之言，洵不誣矣。詩自大曆以後，始有佳句可摘。較盛唐之妥帖排奡，初唐之一氣渾成，不可同日語矣。惠崇有自撰《句圖》，摘其佳句，刊石長安（見《六一詩話》），亦其詩境不出中晚之證。然九僧詩皆清鍊，較之限於晚唐者，確有不同也。今錄希晝詩一首，以見其概。

寄懷古

希晝

見說鵰陰僻，人煙半雜羌。秋深邊日短，風勁曉笳長。樹勢分孤壘，河流出遠荒。遙知林下客，吟苦夜禪忘。

九僧而後，風靡一時者爲西崑體。西崑體以《西崑酬唱集》得名，集爲楊億所編。載億及劉筠、錢惟演（字希聖，吳越王俶次子。眞宗時，知制誥，爲翰林學士。仁宗時，拜樞密使）、李宗諤（昉子，字昌武，第進士。繼昉居三館，掌兩制）、陳越（字損之，尉氏人，眞宗時，爲著作佐郎，直史館，遷右正言）、李維（字仲方，肥鄉人，進士。直集賢院，陳州觀察使）、劉騭、刁衎（字完賓，上蔡人。南唐祕書郎。歸宋，至兵部郎中）、任隨、張詠（字復之，號乖崖，鄄城人，太平興國進士，爲樞密直學士，嘗兩知益州）、錢惟濟（俶六子，字巖夫，仁宗時，爲武昌軍節度觀察留後）、丁謂、舒雅（字子正，旌德人，南唐進士。歸宋，爲祕閣校理，出知舒州）、晁迥（字明遠，清豐人，太平興國進士。眞宗時，爲工部尚書）、崔遵度（字堅白，江陵人，徙淄川，太平興國進士，吏部郎中）、薛映（字景陽，家於蜀，進士。仁宗時，集賢院學士）、劉秉十七人之作，皆學李義山，不免求工於字句、對仗，遂爲世所詬病，然此亦末流之失，未可盡咎億等。《六一詩話》曰："自《西崑集》出，時人爭效之。詩體一變。先生老輩，患其多用故事，至於語僻難曉。殊不知自是學者之弊。如子儀《新蟬》云：'風來玉宇烏先轉，露搏金莖鶴未知'，雖用故事，何害爲佳句？又如'峭帆橫渡官橋柳，疊鼓驚飛海岸鷗'，不用故事，又豈不佳乎？"自是公論。

漢　武

楊億

蓬萊銀闕浪漫漫，弱水迴風欲到難。光照竹宮勞夜拜，露搏金掌費朝餐。力通青海求龍種，死諱文成食馬肝。待詔先生齒編貝，忍令索米向長安。

柳　絮

劉筠

半減依依學轉蓬，斑騅無奈恣西東。平沙千里經春雪，廣陌三條盡日風。北斗城高連蟻蠓，甘泉樹密蔽青蔥。漢家舊院眠應足，豈覺黃金萬縷空。

此外徐鉉詩學元白；寇準（字平仲，下邽人，太平興國三年進士。三入相，封萊國公，諡忠愍）、林逋（字君復，錢塘人。隱於西湖之孤山，賜諡和靖先生）、魏野（字仲先，蜀人，徙陝州。眞宗召之，不起）、潘閬（大名人，晁公武《讀書志》云：字逍遙。江少虞《事實類苑》則謂其"自號逍遙子"。太宗時，召對，賜進士第。後坐事亡命，眞宗捕得之，赦其罪，以爲滁州參軍）學晚唐，皆出於西崑之外者。而王禹偁詩學少陵，《宋詩鈔》稱其"獨開有宋風氣之先，而後歐公得以承流而接響"，雖骨力未宏，要不可謂非豪傑之士也。宋初學晚唐者，林逋詩格，最爲清俊。其《宿洞霄宮》云："秋山不可畫，秋思亦無垠。碧澗流紅葉，青林點白雲。涼陰一鳥下，落日亂蟬分。此夜芭蕉雨，何人枕上聞？"通首一氣，非徒於字句求工也。臨終詩云："茂陵他日求遺稿，猶喜曾無封禪書。"氣骨亦極高峻。世徒賞其"雪後園林纔半樹，水邊籬落忽橫枝"等句，未免失之於淺矣。

宋詩之能卓然自立者，始於蘇、梅（梅堯臣，字舜俞，宣城人，官屯田員外郎）。《六一詩話》云："子美筆力豪雋，以超邁雄絕爲奇；聖俞覃思精微，以深遠閒淡爲意；雖善論者不能優劣也。"此誠然。然以功力言之，則聖俞之蘊釀深厚，似非子美所及。聖俞嘗謂"詩家必能狀難寫之景，如在目前；含不盡之意，見於言外；然後爲至。"誠哉其能自踐其言也。

滄浪懷貫之

蘇舜欽

滄浪獨步亦無悰，聊上危臺四望中。秋色入林紅黯淡，日光穿竹翠玲瓏。酒徒漂落風前燕，詩社凋零霜後桐。君又暫來還徑去，醉吟誰復伴衰翁。

夢後寄歐陽永叔

梅堯臣

不趁常參久，安眠向舊溪。五更千里夢，殘月一城雞。適往言猶是，浮生理可齊。山王今已貴，肯聽竹禽啼。

歐公詩亦學昌黎，參以李杜。"始矯崑體，專以氣格爲主。"

（《石林詩話》語）而其平易疏暢；骨力雖峻，而絕無艱深滯澀之病，則亦如其文然，學古人之精神，而不襲其形貌也。詩自中、晚唐而降，遞變而日趨於薄。至於慶曆之世，可謂其道已窮。歐公等專主氣格，實係轉而法盛唐。法盛唐而能遺貌取神，卽能自拓一境界，而不爲唐人所囿矣。今錄歐公得意之作《明妃曲》一首如下：

明妃曲

歐陽修

胡人以鞍馬爲家，射獵爲俗。泉甘草美無常處，鳥驚獸駭爭馳逐。誰將漢女嫁胡兒，風沙無情貌如玉。身行不遇中國人，馬上自作思歸曲。推手爲琵卻手琶，胡人共聽亦咨嗟。玉顏流落死天涯，此曲卻傳來漢家。漢宮爭按新聲譜，遺恨已深聲更苦。纖纖女手生洞房，學得琵琶不下堂。不識黃雲出塞路，豈知此聲能斷腸。

荊公詩文，皆有天授，殆非人力所及。吳之振云："安石少以意氣自許，故詩語惟其所向，不復更爲含蓄。後從宋次道盡假唐人詩集，博觀而約取。晚年，始悟深婉不迫之趣。然其精嚴深刻，皆步驟老杜而得。而論者謂其有工致，無悲壯，讀之久則令人格拘而筆退。余以爲不然。安石遣情世外，其悲壯卽寓閒澹之中。獨是議論過多，亦是一病爾。"案荊公少年，所謂惟其所向者，足見天骨之開張；其晚年之深婉不迫，則工力深而益趨於醇厚也。今錄其古近體詩數首，以見其概。

明妃曲

明妃初出漢宮時，淚溼春風鬢腳垂。低佪顧影無顏色，尚得君王不自持。歸來卻怪丹青手，入眼平生幾曾有。意態由來畫不成，當時枉殺毛延壽。一去心知更不歸，可憐著盡漢宮衣。寄聲欲問塞南事，只有年年鴻雁飛。家人萬里傳消息，好在氈城莫相憶。君不見咫尺長門閉阿嬌，人生失意無南北。

江　上

江水漾西風，江花脫晚紅。離情被橫笛，吹過亂山東。

悟眞院

野水縱橫漱屋除，午窗殘夢鳥相呼。春風日日吹香草，山北山南路欲無。

北宋之世，擅詩名者，無如坡公。荆公之格高，而坡公之才大，殆可謂之雙絕。然爲後人所宗法，則坡公尤勝於荆公也。趙甌北云："以文爲詩，自昌黎始。至東坡，益大放厥詞，別開生面。"此語最能道出蘇詩特色。蘇詩之才力橫絕，無所不可，誠非餘子所及。其或放而不收，病亦卽伏於此。短長恆相因也。今錄兩首於下，皆最足見蘇詩之特色者。

寄劉孝叔

君王有意誅驕虜，椎破銅山鑄銅虎。聯翩三十七將軍，走馬西來各開府。南山伐木作車軸，東海取鼉漫戰鼓。汗流奔走誰敢後，恐乏軍興汗資斧。保甲連村團未徧，方田訟牒紛如雨。爾來手實降新書，抉別根株窮脈縷。詔書惻怛信深厚，吏能淺薄空勞苦。平生學問止流俗，衆裏笙竽誰比數。忽令獨奏鳳將雛，倉卒欲吹那得譜。況復連年苦饑饉，剝齧草木啖泥土。今年雨雪頗應時，又報螟蟲生翅股。憂來洗盞欲強醉，寂寞虛齋臥空甒。公廚十日不生煙，更望紅裙踏筵舞？故人屢寄山中信，秖有當歸無別語。方將雀鼠偸太倉，未肯衣冠挂神武。吳興文人眞得道，平日立朝非小補。自從四方冠蓋鬧，歸作二浙湖山主。高蹤已自雜漁釣，大隱何曾棄簪組？去年相從殊未足，問道已許談其粗。逝將棄官往卒業，俗緣未盡那得覩。

公家只在雲溪上，上有白雲如白羽。應憐進退苦皇皇，更把安心教初祖。

八月七日初入贛，過皇恐灘

七千里外二毛人，十八灘頭一葉身。山憶喜歡勞遠夢，地名皇恐泣孤臣。長風送客添帆腹，積雨浮舟減石鱗，便合與官充水手，此生何止略知津。（自注：“蜀道有錯喜歡鋪，在大散關上。”）

蘇門諸子，多能爲詩。其中秦少游詩最婉麗，不脫清華之色。（《四庫提要》：“《苕溪漁隱叢話》：載蘇軾薦觀於王安石。安石答書，述葉致遠之言，以爲清新婉麗，有似鮑、謝。敖陶孫《詩評》，則謂其詩如時女步春，終傷婉弱。元好問《論詩絕句》，因有女郎詩之譏，今觀其集，少年所作，神鋒太儁，或有之；概以爲靡曼之音，則詆之太甚。呂本中《童蒙訓》曰：‘少游雨砌墮危芳，風櫺納飛絮之類，李公擇以爲謝家兄弟，不能過也。過嶺以後詩，高古嚴重，自成一家，與舊作不同。’斯公論矣。”遺山《論詩絕句》曰：“有情芍藥含春淚，無力薔薇臥晚枝，拈出退之山石句，始知渠是女郎詩。”）張文潛晚務平澹，效白樂天（史稱其“詩效白居易，樂府效張籍”），故東坡謂“秦得吾工，張得吾易”也。晁無咎學杜，風格峻上。陳無已詩最艱苦，山谷詩所謂“閉門覓句陳無已”者也。而其爲後人所宗法者，要莫如山谷。

論山谷詩者，毀譽各有過當。東坡《仇池筆記》，謂“山谷詩如蝤蛑江瑤柱，盤餐盡廢，然不可多食。多食則發風動氣。”形容最妙。而金王若虛謂“山谷之詩，有奇而無妙”，尤爲一語中的。後人學之，至於生硬晦澀，了無意味，固學者之過，亦其“無妙”者有以啓之。雖不妙，其奇要不可沒也。此當爲山谷之定評矣。

次韻子由題摘星亭

秦觀

崑崙左右兩招提，中起孤高雉堞西。不見燒香成宿霧，虛傳裁錦作障泥。螢流花苑飛星亂，蕪滿春城綠髮齊。長憶憑闌風雨後，斷虹明處海天低。

牧牛兒

張耒

牧牛兒，遠陂牧，遠陂牧牛芳草綠，兒怒掉鞭牛不觸。澗邊柳古南風清，麥深蔽目田野平。烏犍礪角逐草行，老特臥嚙饑不鳴。犢兒跳梁沒草去，隔林應母時一聲。老翁念兒自攜餉，出門先上岡頭望。日斜風雨濕蓑衣，拍手唱歌尋伴歸。遠村放牧風日薄，近村牧牛泥水惡。珠璣燕趙兒不知，兒生但知牛背樂。

和關彥遠

晁補之

海中羣魚化黃雀。林鳥移巢避歲惡。鄴王城上秋風驚。昔時城中鄴王第，只今蔓草無人行。但見黃河咆哮奔碣石，秋風吹灘起沙礫。翩翩動衣裳，遊水悲故鄉。忽憶若耶溪頭采薪鄭巨君。南風溪頭曉，北風溪頭昏。一行作吏，此事便廢。夢中葉落，覺有歸意。歸與歸與？吾黨成斐然。君今生二毛，我亦非少年。胡為車如雞栖鄴城裏。朝風吹馬鬃，莫風吹馬尾？與人三歲居，如何連屋似千里？我則不狂；曾謂吾狂。不吾知，亦何傷。安能戶三尺喙家一吭？人亦有言，人各有志。吞若雲夢者八九，長劍耿介倚天外。有如陳仲舉，庭宇亦不治。吾乃今知貴不若賤無憂，富不若貧無求。負日之燠吾重裘；芹子之飫吾食牛；心戰故臞，得道故肥吾封侯。匹夫懷璧將誰尤？歸與歸與？豈無揚雄宅一區。舍前青山木扶疏，舍後流水有菰蒲。今我不樂日月除，尺則不足寸有餘。七十二鑽莫能免豫且。無所可用乃有百歲樗。龔生竟夭天年非吾徒。

次韻李推節九日登高

陳師道

平林廣野騎臺荒，山寺鳴鐘報夕陽。人事自生今日意，寒花只作去年香。巾欹更覺霜侵鬢，語妙何妨石作腸？落木無邊江不盡，此身此日更須忙？

戲贈彥深

黃庭堅

李髯家徒四壁立，未嘗一飯能留客。春寒茅屋交相風，倚牆捫蝨讀書策。老妻甘貧能養姑，寧翦髮鬟不典書。大兒得餐不索魚，小兒得袴不索襦。庾郎鮭菜二十七，太常齋日三百餘。上一分膳一飽飯，藏神夢訴羊蹢蔬。世傳寒士有食籍，一生當飯百甕葅。冥冥主張審如此，附郭小園宜勤鉏。葱秧青青葵甲綠，早韭晚菘羹糁熟。充虛解戰賴湯餅，芼以蓱虀與甘菊。幾日憐槐已著花，一心呪筍莫成粥。羣兒笑髯窮百巧，我謂勝人飯重肉。羣兒笑髯不若人，我獨愛髯無事貧。君不見猛虎卽人厭麋鹿，人還寢皮食其肉。濡須終與豕俱焦，飫肥食甘果非福。蟲蟻無知不足驚，橫目之民萬物靈。請食熊蹯楚千乘，立死山壁漢公卿。李髯作人有佳處，李髯作詩有佳句。雖無厚祿故人書，門外猶多長者車。我讀揚雄《逐貧賦》，斯人用意未全疏。

登快閣

黃庭堅

癡兒了卻公家事，快閣東西倚晚晴。落木千山天遠大，澄江一道月分明。朱絃已爲佳人絕，青眼聊因美酒橫。萬里歸船弄長笛，此心吾與白鷗盟。

東坡流輩能詩者，尚有清江三孔（文仲，字經父；武仲，字常父；平仲，字毅父；新淦人。嘉祐、治平中，相繼登進士第。文仲仕至中書舍人，武仲至禮部侍郎，平仲至金部郎中）及文與可（名同，蜀人。第進士。仕至太常博士，集賢校理。元豐初，出守湖州，道卒）。三孔詩文仲新奇，武仲幽峭，平仲夭矯孤警，在當日極負盛名。與可爲東坡中表。東坡稱其有四絕：詩一，《楚辭》二，草書三，畫四也。然其餘藝，皆爲畫名所掩。

瓜步阻風

孔武仲

昨日焚香謁聖母，青山鞠躬如負弩。但乞天開萬里明，掃去浮雲戢風雨。謂宜言發卽響報，豈知神不聽我語？門前白浪如銀山，江上狂風如怒虎。船癡艫硬不能拔，未免棲遲傍洲渚。輕盈但愛白鷗飛，顛頓可憐芳草舞。三江、五湖歷已盡，勢合平夷反齟齬。上水歌呼下水愁，北船縈絆南船去。寄言南船莫雄豪，萬事低昂如桔橰。我當賣劍買牲牢，再掃靈宇陳肩尻，黃金壺樽沃香醪。神喜借以南風高，揚帆拍手笑爾曹。不知流落何江皋，荒洲寂寥聽怒號。

八月十六日翫月

孔平仲

團團冰鏡吐清暉，今夜何如昨夜時？只恐月光無好惡，自憐人意有盈虧。風摩露洗非常潔，地闊天空是處宜。百尺曹亭吾獨有，更教玉笛倚欄吹。

望雲樓

文同

巴山樓之東，秦嶺樓之北。樓上捲簾時，滿樓雲一色。

江西詩派之說，起自呂居仁。居仁，名本中，好問子，祖謙其孫也。居仁作《江西詩社宗派圖》，自山谷而下，列陳師道、潘大臨（字邠老，黃岡人）、謝逸（字無逸，號溪堂，臨川人）、洪芻（字駒父，朋之弟，靖康中，仕至諫議大夫。後謫沙門島以卒）、饒節（字德操，撫州人。後爲僧，號倚松道人。陸放翁稱爲當時詩僧第一）、僧祖可、徐俯（字詩川，分宜人。《獨醒雜識》謂汪藻之詩，得之徐俯，俯得之其舅黃庭堅）、洪朋（字龜父，南昌人。山谷之甥。與弟芻、炎、羽，號爲四洪）、林敏修（敏功弟）、洪炎（字玉父。元祐末進士。仕至祕書少監）、汪革（字信民，臨川人。紹聖進士）、李錞、韓駒（字子蒼。蜀仙井監人。政和中，召試，賜進士出身，累除中書舍人，出知江州）、李彭（字商老，建昌人）、晁沖之（字叔用，號具茨，開封人）、江端本（字之開，開封人）、楊符、謝薖（逸弟，字幼槃，號竹友）、夏倪（字均父，蘄人）、林敏功（字子仁，蘄春人）、潘大觀（字仲達，大臨弟）、何顒（字人表）、王直方、僧善權、高荷（字子勉，自號還還先生，京西人，元祐太學生，晚爲童貫客，得蘭州通判以終）二十五人，而以己爲殿。其《序》云："唐自李、杜之出，焜燿一世。後之言詩者，皆莫能及。至韓、柳、孟郊、張籍諸人，激昂奮厲，終不能與前作者竝。元和至國朝，歌詩之作，多依效舊文，未盡所趣。惟豫章始大而力振之。

抑揚反復，盡兼衆體。而後學者，同作竝和。雖體制或異，要皆所傳者一。予故錄其名字，以遺來者。"《漁隱叢話》謂"豫章自出機杼，別成一家。清新奇巧，是其所長。若言抑揚反復，盡兼衆體，則非也。元和至今，騷翁墨客，代不乏人。觀其英詞傑句，眞能發明古人所不到處，卓然成立者甚衆。若言多依舊文，未盡所趣，又非也。所列二十五人，其間知名之士，有詩句傳於世，爲時所稱道者，止數人而已。其餘無聞矣。居仁此圖之作，選擇弗精，議論不公，予是以辯之。"劉後村亦云："《宗派圖》中，如陳后山，彭城人；韓子蒼，陵陽人；潘邠老，黃州人；夏均父、二林，蘄人；晁叔用、江之開，開封人；李商老，南康人；祖可，京口人；高子勉，京西人；皆非江西人也。同時如曾文清，乃贛人，又與紫薇公以詩往還，而不入派，不知紫薇去取之意云何？惜當日無人以此叩之。"案此圖爲居仁少日游戲之作，原不能據爲定評。然蘇、黃詩派，確能牢籠一代，而爲宋詩之特色，則不可誣也。（此爲宋詩，其他皆與唐相出入。）今錄居仁及《宗派圖》中人詩數首於下。

讀　書

呂本中

老去有餘業，讀書空作勞。時聞夜蟲響，每伴午雞號。久靜能忘病，因行得出遨？胡爲有百苦，膏火自煎熬。

海陵病中

呂本中

病知前路資糧少，老覺生平事業非。無數靑山隔滄海，與誰同往卻同歸？

第四章　宋代之詩

寄隱居士

謝逸

處士骨相不封侯，卜居但得林塘幽。家藏玉唾幾千卷，手校韋編三十秋。相知四海孰青眼？高臥一廛今白頭。襄陽耆舊節獨苦，只有龐公不入州。

和李上舍冬日書事

韓駒

北風吹日晝多陰，日暮擁階黃葉深。倦鵲遶枝翻凍影，飛鴻摩月墮孤音。推愁不去如相覓，與老無期稍見侵，願藉微官少年事，病來那復一分心？

書懷寄李相如

晁冲之

秋風吹畦蔬，農事亦已闌，黃黃杞下菊，佳色尸家閒。我生復何如？憔悴常照顏，清晨戴星出，薄暮及日還。骯髒二十載，老髮羞儒冠。天末有佳人，秀擢如芝蘭。憮然念疇昔，風流得餘歡。緬想蒲柳姿，與君同歲寒。一別事瓦裂，令人氣如山。

江西流派衍於後者，則由曾吉甫以啓南渡四大家，其最著者也。（曾幾，字吉甫，贛人，徙居河南，高宗時官浙西提刑。以忤秦檜去位。居上饒之茶山，自號茶山居士。）吉甫詩風骨高騫，而含蓄深遠。昔人稱其介乎豫章、劍南之間。蓋有山谷之清新，而能變其生硬者。（放翁爲吉甫墓志，謂其詩以杜甫、黃庭堅爲宗。）四大家者：曰尤、楊、范、陸。（方回《尤袤詩跋》："中興以來，言詩者，必曰尤、楊、范、陸。"尤袤，字延之，無錫人，光宗時爲禮部尚書。楊萬里，字廷秀，號誠齋，吉水人，孝宗時仕爲祕書監。范成大，字致能，號石湖居士，吳縣人，孝宗時參知政事。陸游，字務觀，號放翁，山陰人，孝宗時除樞密院編修，後出知衢、嚴二州。）尤詩平淡雋永，於律尤勝，惜所傳無多。楊詩才力最健，間雜俚語，殊見天機。石湖才調之健，不及誠齋，而亦無誠齋之粗豪。氣象闊大，不及放翁，而亦無放翁之科臼。蓋其初年，實沿溯中唐而下，故能追溯蘇、黃，約以婉峭，自成一家也。然四家之中，要以放翁爲第一；於七律，尤縱才力所至，爲古今所不及。

謝人分餉洞庭柑

曾幾

黃柑分似得嘗新，坐我松江震澤濱。想見霜林三百顆，夢成羅帕一雙珍。流雲噀霧真成酒，帶葉連枝絕可人。莫向君家樊素口，瓠犀微齼遠山顰。

入春半月未有梅花再用前韻

尤袤

立馬黃昏遶曲池，幾回踏雪問南枝。不應春到花猶未，定恐寒侵力不支。隴上已驚傳信晚，樽前只想弄粧遲，臨風不語空歸去，獨立無憀自詠詩。

辛亥元日送張德茂自建康移帥金陵

楊萬里

西湖一別忽三年，白首相從豈偶然。到得我來君恰去，正當臘後與春前。醉餘犯雪追征帽，送了凭欄望去船。待把衣冠挂神武，看渠勳業上凌煙。

初歸石湖

范成大

曉霧朝暾紺碧烘，橫塘西岸越城東。行人半出稻花上，宿鷺孤明菱葉中。信腳自能知舊路，驚心時復認鄰翁。當時手種斜橋柳，無限鳴蜩翠掃空。

黃　州

陸游

局促嘗悲類楚囚，遷流還歎學齊優。江聲不盡英雄恨，天意無私草木秋。萬里羈愁添白髮，一帆寒日過黃州。君看赤壁終陳迹，生子何須似仲謀？

游山西村

陸游

莫笑農家臘酒渾，豐年留客足雞豚。山重水複疑無路，柳暗花明又一村。簫鼓追隨春社近，衣冠簡朴古風存。從今若許閒乘月，拄杖無時夜叩門。

書　憤

陸游

早歲那知世事艱，中原北望氣如山。樓船夜雪瓜洲渡，鐵馬秋風大散關。塞上長城空自許，鏡中衰鬢已先斑。《出師》一表眞名世，千載誰堪伯仲間？

新夏感事

陸游

百花過盡綠陰成，漠漠鑪煙睡晚晴。病起兼旬疏把酒，山深四月始聞鶯。近傳下詔通言路，已卜餘年見太平。聖主不忘初政美，小儒惟有涕縱橫。

自《宗派圖》出後，至宋末，而方回撰《瀛奎律髓》，"選唐、宋二代之詩，分爲四十九類。所錄皆五七言近體，故名律髓。又有一祖三宗之說：一祖者杜陵；三宗者，山谷、無已及陳簡齋也（陳與義，字去非，號簡齋，洛陽人。紹興時爲參政）。簡齋生少晚，故《宗派圖》不之及。然靖康以後，北宋詩人略盡，而簡齋巋然獨存，實爲蘇、黃一派之後勁。其詩雖亦學蘇、黃，而實以老杜爲師。故能"以簡嚴掃繁縟，以雄渾代尖巧"，"第其品格，實在同時諸家之上"（劉後村語），惟長篇少弱耳。

夏日集葆眞池上以綠陰生晝靜賦詩得靜字

陳與義

清池不受暑，幽討起予病。長安車轍邊，有此荷萬柄。是身惟可懶，共寄無盡興。魚游水底涼，鳥語林間靜。談餘日亭午，樹影一時正。清風不負客，意重百金贈。聊將兩鬢蓬，起照千丈鏡。微波喜搖人，小立待其定。梁王今何許？柳色幾衰盛？人生行樂耳，詩律已其賸。邂逅一尊酒，他年《五君詠》。重期踏月來，夜半嘯煙艇。

理學家謂文以載道，以華而無實爲大戒，於文尚不求其工，況於詩乎？然理之所至，時或發之於詩，亦有別趣，如邵堯夫之《擊壤集》是也。（《四庫提要》："自班固作《詠史詩》，始兆論宗。東方朔作《誡子詩》，始涉理路。沿及北宋，鄙唐人之不知道，於是以論理爲本，以修詞爲末，而詩格於是乎大變，此集其尤著者也。朱國楨《湧幢小品》曰："佛語衍爲寒山詩，儒語衍爲《擊壤集》，此聖人平易近人，覺世喚醒之妙用"，是亦一說。然北宋自嘉祐以前，厭五季佻薄之弊，事事反樸還淳。其人品，率以光明豁達爲宗。其文章，亦以平實坦易爲主。故一時作者，往往衍《長慶》餘風。邵子之詩，其源亦出白居易，而晚年絕意世事，不復以文字爲長。意所欲言，自抒胸臆。原脫然於詩法之外。毀之者務以聲律繩之，固所謂繆傷海鳥，橫斥山木。譽之者以爲風雅正傳，轉相摹放，亦爲刻畫無鹽，唐突西子，失邵子之所以爲詩矣。況邵子之詩，不過不苦吟以求工，亦非以工爲厲禁。如邵伯溫《聞見前錄》所載《安樂窩》詩曰：'半記不記夢覺後，似愁無愁情倦時。擁衾側臥未欲起，簾外落花撩亂飛。'此雖置之江西派中，有何不可？而明人乃惟以鄙俚相高，又烏知邵子哉？"）南渡以後，理學家能爲歌詩者，以朱子之父喬年及劉屛山（名子翬，字彥冲，崇安人。韐子，子羽弟也。朱子以父遺命，嘗稟學焉）爲最著。（屛山與呂居仁、曾茶山、韓子蒼遊。詩境淸遠，絕似劉長卿。）至朱子，則學力深厚，且遊心漢、魏，一以雅正爲宗。固非凡豔所能儔，尤非樸塞者所可擬矣。（朱子嘗言："欲抄取經史諸書所載韻語。及文選漢、魏古詞，以盡乎郭景純、陶淵明之所作，自爲一編。而附於《三百篇》《楚辭》之後，以爲詩之根本準則。又於其下二等之中，擇其近於古者，各爲一編，以爲之羽翼輿衞。其不合者，則悉去之，不使其接於耳目，入於胸次。要使方寸之中，無一字世俗言語意思，則其詩不期於高遠而自高遠矣。"案此言頗能通觀古今，不徒別裁偽體也。）

插花吟

邵雍

頭上花枝照酒巵，巵巵中有好花枝。身經兩世太平日，眼見四朝全盛時。況復筋骸粗康健，那堪時節正芳菲。酒涵花影紅光溜，爭忍花前不醉歸？

答林康民見和梅花詩

朱松

寒崦人家碧溪尾，一樹江梅臥清沘，仙姿不受凡眼汙，風斂天香瘴煙裏。向來休沐偶無事，誰從我游二三子。彎碕曲逕一攜手，凍雀驚飛亂英委。班荊勸客小延佇，酌酒賦詩相料理。多情入骨憐風味，依倚橫斜嚼冰蕊，至今清夢掛殘月，強作短歌傳素齒。韻高常恨向難稱，賴有君詩清且美。天涯歲晚感鄉物，歸歟何時路千里。秬樓一笛雪漫空，回首江皋淚如洗。

聞箏

劉子翬

月高夜鳴箏，聲從綺牕來。隨風更迢遞，縈雲暫徘徊。餘音若可玩，繁絃互相催。不見理箏人，遙知心所懷：寧悲舊寵棄？豈念新期乖？含情鬱不發，寄曲宣餘哀。一彈飛霜零，再撫流光頹。每恨聽者希，銀甲生浮埃。幽幽孤鳳鳴，衆鳥聲難諧。盛年嗟不偶，況乃容華衰？道同符片諾，志異勞百媒。栖栖牆東客，亦抱凌雲才。

六月十五詣水公庵雨作

朱熹

雲起欲爲雨，中川分晦明。纔驚橫嶺斷，已覺疎林鳴。空際旱塵滅，虛堂涼思生。頹簷滴瀝餘，忽作流泉傾。況此高人居，地偏園景清。芳馨雜峭蒨，俯仰同鮮榮。我來偶茲適，中懷澹無營。歸路綠決溠，因之想巖耕。

九日登天湖以菊花須插滿頭歸分韻賦詩得歸字

朱熹

去歲瀟湘重九時，滿城寒雨客思歸。故山此日還佳節，黃菊清尊更晚暉。短髮無多休落帽，長風不斷且吹衣。相看下視人寰小，祇合從今老翠微。

泛　舟

朱熹

昨夜江邊春水生，艨艟巨艦一毛輕。向來枉費推移力，此日中流自在行。

永嘉、永康兩派，較重文辭。永嘉後學，以文名者尤多。水心之學，於伊、洛最多異同。而其詩亦宗法晚唐，卓然自立於江西派之外。豪傑之士，固不隨風氣爲轉移哉？水心之後有四靈（徐照，字道輝，一字靈輝。徐璣，字文淵，一字致中，號靈淵。翁卷，字續古，一字靈舒。趙師秀，字紫芝，一字靈秀。皆永嘉人。人以其字號皆有靈字，稱之爲永嘉四靈），詩格皆清而不高，稍開《江湖集》一派矣。

游小園不值

葉適

應嫌屐齒印蒼苔，十叩柴扉九不開。春色滿園關不住，一枝紅杏出牆來。

春日游張提舉園池

徐璣

西野芳菲路，春風正可尋。山城依曲渚，古渡入修林。長日多飛絮，遊人愛綠陰。晚來歌吹起，惟覺畫堂深。

巖居僧

趙師秀

開扉在石層，盡日少人登。一鳥過寒木，數花搖翠籐。茗煎冰下水，香炷佛前燈。吾亦逃名者，何因似此僧？

《江湖集》者，宋末陳起所刻。起，字宗之，臨安人。設書肆於睦親坊。世所傳宋本書，稱"臨安陳道人家開雕"者是也。起亦能詩，一時江湖詩人，多與之善。乃彙所得，刊爲是書。在當時蓋隨得隨刻，故世所傳本，名稱猥多，卷帙多少亦不一。《四庫》據以著錄之本，凡九十五卷，六十二家。又據《永樂大典》所載，爲是本所無者，輯爲《江湖後集》，凡四十七家，又詩餘二人，都四十九家。（其名俱見《四庫提要》。《提要》曰：方回"《瀛奎律髓》曰：'寶慶初，史彌遠廢立之際，錢塘書肆陳起宗之能詩。凡江湖詩人，俱與之善。刊《江湖集》以售。劉潛夫《南岳槀》，亦與焉。宗之賦詩有云：秋雨梧桐皇子府，春風楊柳相公橋。本改劉屛山句也。或嫁秋雨春風句爲敖器之所作。言者併潛夫《梅詩》論列。劈《江湖集》板，二人皆坐罪，而宗之坐流配。於是詔禁士大夫作詩。紹定癸巳，彌遠死，詩禁乃解。'今此本無劉克莊《南岳槀》。且彌遠死於紹定六年，而此本諸集，多載端平、淳祐、寶祐，紀年反在其後。又張端義《貴耳集》，自稱其《輓周晉仙詩》，載《江湖集》中，而此本無端義詩。又周密《齊東野語》載'寶慶間，李知孝爲言官，與曾極景建有隙。欲尋釁以報之。適極有春詩曰：九十日春晴日少，一千年事亂時多。刊之《江湖集》中。因復改劉子翬《汴京紀事》一聯云：秋雨梧桐皇子宅，春風楊柳相公橋，以爲指巴陵及史丞相。及劉潛夫《黃巢戰場詩》曰：未必朱三能跋扈，只緣鄭五欠經綸。皆指爲謗訕。同時被累者，如敖陶孫、周文璞、趙師秀及刊詩陳起，皆不免焉。'而此本無曾極詩，亦無趙師秀詩，且洪邁、姜夔，皆孝宗時人。而邁及吳淵，位皆通顯，尤不應列之江湖。疑原本殘闕，後人綴拾補綴，已非陳起之舊矣。"又曰："起書刻非一時，版非一律。故諸家所藏，少或二十八家，多至六十四家。輾轉傳鈔、眞贋錯雜，莫詳孰爲原本。今檢《永樂大典》所載，有《江湖集》，有《江湖前集》，有《江湖後集》，有《江湖續集》，有《中興江湖集》諸名。其接次刊刻之蹟，略可考見。"案此書既係接次刊刻，而在當時，又經一文字獄，固宜其傳本之錯雜也。）《提要》謂"宋末詩格卑靡，所錄不必盡工。惟南渡後詩家，姓氏不顯者，多賴是書以傳"耳。今案宋之末造，蓋爲江西派窮而思變之時，四靈與江湖派皆是也。此未嘗非自然之勢，特兩派之才力，皆未能自振拔耳。今錄陳起詩一首於下，以見所謂江湖派者之面目焉。

湖上卽事

陳起

波光山色兩盈盈，短策青鞋信意行。葑草煙開遙認鷺，柳條春盡未藏鶯。誰家豔飲歌初歇？有客孤舟笛再橫。風景無窮吟莫盡，且將酪酊樂浮生。

列名《江湖集》中者，劉克莊、戴復古，詩筆皆頗清健。（戴復古，字式之，號石屛，天台人。）克莊《冬日》詩云："晴窗早覺愛朝曦，竹外秋聲漸作威。命僕安排新暖閣，呼童熨帖舊寒衣。葉浮嫩綠酒初熟，橙切香黃蟹正肥。蓉菊滿園皆可羨，賞心從此莫相違。"復古《江村晚眺》云："江頭落日照平沙，潮退魚舠閣岸斜。白鳥一雙臨水立，見人驚起入蘆花。"皆有氣韻，與專學晚唐，力弱而不能自舉者異矣。又方秋崖，在宋末詩人中，詩亦清俊可喜。如《泊歇浦》云："人行秋色裏，雁落客愁邊。"《夢尋梅》云："馬蹄殘雪六七里，山觜有梅三四花。"乃眞晚唐佳句。非貌似清新，而實陳陳相因者比也。（戴氏爲放翁門人，方回極稱之，蓋非囿於江湖派者。)

　　四靈、江湖，雖皆不能自振，而宋之亡，一二孤臣遺老，頗有雄奇之概，幽怨之思，足以抗手作家者，此則時會爲之也。宋末諸臣，精忠義烈最著者，當推文文山及謝疊山。文山詩學杜陵，渾灝流轉。《正氣》一歌，久爲世所傳誦，他作亦能稱是。疊山之作，則清寒淡遠，自饒逸致。遺民中如謝皋羽（名翱，一字皋父，長溪人。自號晞髮道人）詩極奇崛，林霽山詩極纏綿（霽山，名景熙，平陽人）。又有鄭所南（名思肖，字憶翁，連江人，）、眞山民、汪元量等，雖詩格或異，而所感則同。不無危苦之辭，惟以悲哀爲主。其氣格，實非南宋末造江湖詩人所及云。元量，號水雲。宋亡，爲黃冠。往來匡廬、彭蠡閒。山民始末不可考。或云：李生喬嘗歎其不媿乃祖文忠西山。眞德秀號西山，諡文忠，因疑爲德秀後。或又謂本名桂芳，括蒼人，嘗登進士第云。

重　陽
文天祥

　　風捲車塵弄曉寒，天涯流落寸心丹。去年醉與茱萸別，不把今年作健看。

慶全菴桃花
謝枋得

　　尋得桃源好避秦，桃紅又是一年春。花飛莫遣隨流水，怕有漁郎來問津。

秋夜詞
謝翱

　　愁生山外山，恨殺樹邊樹。隔斷秋月明，不使共一處。

第四章　宋代之詩

京口月夕書懷

林景熙

山風吹酒醒，秋入夜燈涼。萬事已華髮，百年多異鄉。遠城江氣白，高樹月痕蒼。忽憶憑樓處，淮天雁叫霜。

論詩論文之作，皆至宋而漸多。宋人詩話，傳於今者尤夥。（其著者，如歐陽修之《六一詩話》、劉攽之《中山詩話》、陳師道之《后山詩話》、呂本中之《紫薇詩話》、葉夢得之《石林詩話》、陽萬里之《誠齋詩話》、周必大之《二老堂詩話》等。其采摭最富者，當推胡仔之《苕溪漁隱叢話》、魏慶之之《詩人玉屑》。胡書采摭北宋詩話，魏書采摭南宋詩話略備。）然多東鱗西爪之談，能確立一家宗旨者甚罕。有之者，其惟嚴羽之《滄浪詩話》乎？（羽，字儀卿，一字丹邱，自號滄浪逋客，邵武人。）案宋末，江西派之詩，發洩已盡，漸流於麤獷直率，寖至入於空滑，其道已窮。四靈、江湖，又淺薄不足效。欲振起之，計惟有返諸渾厚超妙之境。此詩家之正路，亦當時主持風會者，應有之義也。羽之論詩也，曰："論詩如論禪。漢、魏、晉、盛唐之詩，第一義也。大曆已還，已落第二義矣。晚唐之詩，則聲聞辟支果也。""禪道惟在妙悟，詩道亦在妙悟。孟襄陽學力下韓退之遠甚，而詩出退之上者，妙悟故也。"又曰："詩有別材，非關書也。詩有別趣，非關理也。而古人未嘗不讀書，不窮理，所謂不涉理路，不落言筌者上也。詩者，吟咏情性也。盛唐詩人，惟在興趣。羚羊挂角，無迹可求。故其妙處，瑩澈玲瓏，不可湊泊。如空中之音，相中之色，水中之月，鏡中之象，言有盡而意無窮。近代諸公，作奇特解會。以文字爲詩，以議論爲詩，以才學爲詩。以是爲詩，夫豈不工？終非古人之詩也。"其於江西及四靈等，皆深致其不滿焉。案一種文字，皆有其初起及極盛之時，過此

115

則其道已窮，不得不爲逾分之發洩。至於此，則菁華竭而眞意漓矣。自六朝以前，皆可謂詩之初期。如旭日方升，未臻極盛。至於盛唐，而如日中天矣。中晚以降，不得不漸趨於薄者，勢也。厭其薄而更趨於別一途，舉昔人所蘊而不發者，而一洩無餘焉，則宋詩是也。旣已發洩務盡，而又欲挽而返之於渾涵之境，於理於勢，皆有所不能，滄浪之論，非不正也。然率其道而行之，不爲明七子之貌襲，則爲王漁洋之神韻耳。然其說雖不能行，而分別詩境之高下，則確是不易之論。得其說而存之，於文學之批評，固不無裨益也。

第五章　宋代之詞曲

詩當分廣狹二義：狹義之詩，卽向所謂詩者是；凡詞曲等皆在其外。廣義之詩，則凡可歌可謠者皆屬焉。（合樂曰歌，徒歌曰謠。○音樂本於人聲，歌卽謠之配以樂器者耳。謠與誦實無區別。凡可誦者，卽是可謠。故如詩與詞等，在今日雖不可歌，仍不得詆之爲死文學也。）《史記》稱："《詩》三百五篇，孔子皆絃歌之，以求合韶武雅頌之音。"《漢書》謂："孟春之月，行人振木鐸徇於路以采詩。獻之太師。比其音律，以聞於天子。"（《食貨志》）可見古之詩，皆可合樂，然至漢世，古樂已不爲人所好。雖有制氏雅樂，莫能用而別立樂府，采趙、代、秦、楚之謳，使李延年協其律，司馬相如等爲之辭。於是合樂之詩，一變而爲漢代之樂府。四言、五言之詩，皆成爲文章之事。魏晉以降，漢世樂府，音律又漸失傳，而外國之樂輸入。唐時乃有雅樂、清樂、燕樂之分。（雅樂卽古樂。清樂者，漢之樂府及南朝長江一帶之歌曲，隋平陳得之，置清商署以總之者也。燕樂卽外國輸入之樂。見沈括《夢溪筆談》。）燕樂日盛，而雅樂、清樂，遂以式微。唐人絕句皆可歌，蓋猶是梁、陳之舊。（《唐書·樂志》："平調、清調、瑟調，皆周房中曲遺聲，漢世謂之三調"，唐李白猶有《清平調》。）然及宋世，則絕句之可歌者漸希；播諸管絃者，莫非長短句矣。（《苕溪漁隱叢話》曰："唐初歌舞辭，多是五言詩或七言詩，初無長短句。自中葉以後至五代，漸變成長短句。及本朝則盡爲此體。今所存止《瑞鷓鴣》《小秦王》二闋，是七言八句詩，并七言絕句詩而已。《瑞鷓鴣》猶依字易歌；若《小秦王》，必須雜以虛聲，乃可歌耳。"）詞牌有以甘州、涼州名者，足徵其出於燕樂，而爲來自外國之新聲也。（《容齋隨筆》曰："唐曲以州名者五：伊、涼、熙、石、渭是也。"）此爲中國合樂之詩之又一變。而漢、魏以來之樂府，又變爲文章之事。（王灼《碧雞漫志》曰："隋取漢以來樂器歌章古調，并入清樂，餘波至李唐始絕。唐中葉雖有古樂府，而播在聲律則鮮矣。士大夫作者，不過以詩之一體自名耳。蓋隋以來，今之所謂曲子者漸興。至唐稍盛。今則繁聲淫奏，殆不可數。古歌變爲古樂府，古樂府變爲今曲子，其本一也。"）

宋之詞，流衍而爲元、明、清三朝之曲。曲之盛也，傳播於山巔海涯。幾於有井水飲處，即有能歌之者。斯時宋人之詞，已不可歌，而變爲文章之事。然詞曲異流同源。曲可歌，則詞之大宗雖亡，而其支子未絕也。乃自洪、楊以後，皮簧日盛，自宋詞累變之崑曲又微。今日好斯道者，雖猶欲輔弱扶微；然大勢所趨，恐終於不可復挽。自今以後，詞曲其又將脫離音樂，而成爲文章之事乎？世之篤舊者，恆指當日流傳之音樂爲鄙俗，而稱其垂絕者爲雅音。其喜新者，則又執可歌者爲活文學，而目與樂離者爲死文學。其實皆非也。詩本於聲（廣義之詩），必聲變，詩乃能與之俱變。而聲變，詩即不得不隨之而變。聲之變，出於勢之自然而無如何；則詩之變，亦出於勢之自然而無如何。無所謂新者俗，舊者雅也。然社會事物，由簡趨繁。始焉出自民衆之謳吟，來自外國之歌曲者，及其既成爲當時之樂調，文人學士，遂能按其調而爲之辭；而辭與樂遂析爲兩事。迨其音律已佚，而辭句猶存；可歌之詩，雖有新者代興，而舊者仍係存爲文章之事，亦勢之出於自然而無足怪者也。雅俗之爭，死活之論，皆不免各執一端耳。

陳無己《后山叢談》云："文元賈公，居守北都。歐陽永叔使北還。公豫戒官妓，辦詞以勸酒。妓唯唯。復使都廳召而喻之，妓亦唯唯。公怪歎，以爲山野。既燕，妓奉觴，歌以爲壽。永叔把盞側聽，每爲引滿。公復怪之，召問，所歌皆其詞也。"又《詩話》云："柳三變游東都南北二卷，作新樂府，骩骳從俗，天下詠之。遂傳禁中。仁宗頗好其詞。每對酒，必使侍妓歌之再三。三變聞之，作宮詞《醉蓬萊》，因內官達後宮，且求其助。仁宗聞而覺之，自是不復歌其詞矣。"蔡絛《鐵圍山叢談》云："宣和初，燕樂初成，八音告備。因作徵招角招。有曲名《黃河淸慢》者，音調極韶美。晁次膺作此詞，天下無問遐邇大小，雖偉男髫女，皆爭唱之。"元陸友《研北雜志》曰："小紅，范成大青衣也。有色藝。成大請老，姜夔詣之。一日，授簡徵新聲。夔製《暗香》《疏影》兩曲。成大使二妓歌之，音節清婉。成大尋以小紅贈之。其夕，大雪。過垂虹，賦詩曰：'自喜新詞韻最嬌，小紅低唱我吹簫。曲終過盡松陵路，回首煙波十里橋。'夔喜自度曲，吹洞簫，小紅歌而和之。"此皆宋詞可歌之證也。（此等證據尚多，今特略引數則耳。）一時代有一時代之文學。如唐之詩、宋之詞、元之曲，後人刻意爲之，才力未必遂遜其時之人；其所費之功力，或且倍蓰。然終不能至其境。無他，在其時則情文相生，天機與人工相湊泊；易一時則人力雖勤，天機終有所不逮也。此宋代之詞，所以獨有千古也。

宋代詞人之首出者，當推晏殊（字同叔，臨川人。七歲能屬文。眞宗以神童召試，賜進士出身，仁宗時爲相。卒，字元獻。殊子幾道，字叔原，號小山。亦能爲詞），次則歐陽修。劉攽《中山詩話》，謂殊酷愛馮延己詞，所作亦不減延己，而歐公所作《蜨戀花》❶一闋，或與延己所作相混。蓋皆承五代之餘風者也。至柳永出而詞乃一變。

踏莎行

晏殊

小徑紅稀，芳郊綠徧，高臺樹色陰陰見。春風不解禁楊花，濛濛亂撲行人面。　翠葉藏鶯，珠簾隔燕，鑪香靜逐游絲轉。一場愁夢酒醒時，斜陽卻照深深院。

臨江仙

晏幾道

夢後樓臺高鎖，酒醒簾幕低垂。去年春恨却來時。落花人獨立，微雨燕雙飛。　記得小蘋初見，兩重心字羅衣。琵琶絃上說相思。當時明月在，曾照綵雲歸。

蜨戀花

歐陽修

庭院深深深幾許？楊柳堆煙，簾幙無重數。玉勒雕鞍游冶處，樓高不見章臺路。　雨橫風狂三月暮，門掩黃昏，無計留春住。淚眼問花花不語，亂紅飛過秋千去。

一種歌辭之初興，大抵與里巷謳吟相近。取徑極狹，而含意甚深。故能如大羹玄酒，味之不盡。一再傳後，文人學士，相率爲之。肆其才力之所至，拓境日恢。眞意反日漓矣。此猶花之含蕊與盛開，絢爛極時，衰謝之機，卽已潛伏。此文章升降之大原，不可不察也。詞境

---

❶ "蜨"當爲"蝶"。下不再註。——編者註

展拓，厥惟小令進爲慢詞（謂長調）。張炎《樂府餘論》曰："慢詞起仁宗朝。中原息兵，汴京繁庶。歌臺舞榭，競賭新聲。柳永以失意無俚，流連坊曲。遂盡取俚言俗語，編入詞中，以便伎人傳習。一時動聽，散播四方。其後蘇軾、秦觀、黃庭堅等，相繼有作，慢詞遂盛。"案小令專於比興，慢詞則兼有賦矣。此其拓境之所以日恢，亦其真意之所以日漓也。葉夢得《避暑錄話》，謂："嘗見一西夏歸朝官，言凡有井水飲處，即能歌柳詞。"其流傳則可謂廣矣。（柳永，初名三變，字耆卿，崇安人。官至屯田員外郎，故世稱爲柳屯田。）

八聲甘州

柳永

對瀟瀟暮雨灑江天，一番洗清秋。漸霜風淒緊，關河冷落，殘照當樓。是處紅衰綠減，冉冉物華休。惟有長江水，無語東流。不忍登高臨遠，望故鄉渺邈，歸思難收。歎年來蹤迹，何事苦淹留？想佳人妝樓長望，誤幾回天際識歸舟。爭知我，倚闌干處，正恁凝愁。

與永竝時者爲張先（字子野，烏程人，官至都官郎中）。《古今詩話》："有客謂子野曰：'人皆謂公張三中，即心中事，眼中淚，意中人也。'公曰：'何不目之爲張三影乎？'客不解。公曰：'雲破月來花弄影；嬌柔嬾起，簾押捲花影；柳徑無人，墮飛絮無影。'皆公得意句也。"故又有張三影之稱。三影詞甚秀，近柳永。

青門引

張先

乍暖還輕冷，風雨晚來方定。庭軒寂寞近清明，殘花中酒，又是去年病。　樓頭畫角風吹醒，入夜重門靜，那堪更被明月，隔牆送過秋千影？

東坡之詞，亦自成一派。《四庫提要》曰："詞自晚唐五代以來，以清切婉麗爲宗。至柳永而一變，如詩家之有白居易。至軾而又一變，如文家之有韓愈。"此皆文章境界將變，而一二人會逢其適，非必其才力之果特異於衆人也。東坡詞最有名者，爲《念奴嬌·大江東去》及《水調歌頭·明月幾時有》兩首。《念奴嬌》一闋，殊近粗豪；《水調歌頭》一闋，則設想高奇，寄情幽渺，誠非他家所有，足見蘇公之本色也。

水調歌頭

蘇軾

明月幾時有？把酒問青天。不知天上宮闕，今夕是何年。我欲乘風歸去，又恐瓊樓玉宇，高處不勝寒。起舞弄清影，何似在人間。

轉朱閣，低綺戶，照無眠。不應有恨，何事偏向別時圓？人有悲歡離合，月有陰晴圓缺，此事古難全。但願人長久，千里共嬋娟。

《後山詩話》曰："退之以文爲詩，子瞻以詩爲詞，如教坊雷大使之舞，雖極天下之工，要非本色。今代詞手，惟秦七、黃九耳，他人不能逮也。"山谷好以俗語入詞，《四庫提要》譏其"褻諢不可名狀。甚至用髽字屍字等，爲字書所不載。"案此等在當時，皆自有其趣味，此正詞之所以異於詩，不容以此爲難。然俗語之趣味，不在褻諢。褻諢之詞，在俗語文學中，亦爲下乘。山谷之詞，確有過於褻諢者。如《望遠行》《少年心》等闋是。此等實不足法，不容以主張平民文學而右之也。（詩詞可用俗語，俗語不皆可爲詩詞。試觀民間歌謠，用語亦有選擇，非凡出諸口者，皆可用爲歌謠可知。）

鼓笛令

黃庭堅

酒闌命友閒爲戲。打揭兒，非常愜意。各自輸贏只賭是。賞罰采，分明須記。　小五出來無事，卻跋翻和九底。若要十一花下死，那管十三，不如十二。

《坡仙集外紀》："東坡問陳無己：'我詞何如少游？'無己曰：'學士小詞似詩，少游詩似小詞。'"此論殊的。淮海詩筆，較蘇、黃爲弱。詞則情韻兼勝，非蘇、黃所能逮也。

望海潮

秦觀

梅英疏淡，冰澌溶洩，東風暗換年華。金谷俊遊，銅駝巷陌，新晴細履平沙。長記誤隨車；正絮翻蝶舞，芳思交加。柳下桃蹊，亂分春色到人家。　西園夜飲鳴笳，有華燈礙月，飛蓋妨花。蘭苑未空，行人漸老，重來事事堪嗟。煙暝酒旗斜。但倚樓極目，時見棲鴉。無奈歸心，暗隨流水到天涯。

同時能爲詞者，尚有晁補之、陳去非、李之儀、程垓。晁无咎詞，神姿高秀，頗近東坡。去非《無住詞》，僅十八闋，然亦頗峻拔。之儀《姑溪詞》，小令清婉，近於淮海。垓爲東坡中表，所傳《書舟詞》，長調亦頗豪縱云。（李之儀，字端叔，無棣人，元豐進士。垓，字正伯，眉山人。）

水龍吟

程垓

"夜來風雨忽忽，故園定是花無幾。愁多怨極，等閒孤負，一年芳意。柳困桃慵，杏青梅小，對人容易。算好春長在，好花長見，元只是，人憔悴。　回首池南舊事，恨星星，不堪重記。如今但有，看花老眼，傷時清淚。不怕逢花瘦，只愁怕老來風味。待繁紅亂處，留雲借月，也須拼醉"。

北宋詞人，負盛名者，尚有賀方回（名鑄，衛州人，孝惠皇后族孫，晚自號慶湖遺老）。方回詞幽婉淒麗，山谷、文潛，均極稱之。其《青玉案》詞，有"一川煙草，滿城風絮，梅子黃時雨"之句，爲時所傳誦，人因稱爲賀梅子。或謂方回詞意境不求甚深，讀者悅其輕倩，漸失"拙""大""重"三要。清代浙派之但事綺藻韻致，方回實開其源云。

小重山

賀鑄

枕上閶門報五更，蠟鐙香炧冷。恨天明，雪蘋風轉移帆旌。橋頭燕，多謝伴人行。　臨鏡想傾城，兩尖眉黛淺，淚波橫。豔歌重記遣離羣。纏綿處，翻是斷腸聲。

北宋詞雖可歌，然詞人所作，亦未必盡協律。填詞之與知音，究爲二事也。惟周美成（名邦彥，錢塘人，徽猷閣待制）妙解音律（《宋史》稱其"好音樂，能自度曲"），所製諸調，不獨平仄宜遵，即上去入三音，亦不容相混。當時有方千里者，嘗和美成之《清真詞》一卷。一一按譜填腔，不敢稍有出入，足見其法度之謹嚴矣。美成長篇，鋪敍最工；短篇亦淒婉凝重，實北宋一大家也。

六　醜

周邦彥

正單衣試酒，悵客裏光陰虛擲。願春暫留，春歸如過翼，一去無迹。爲問家何在？夜來風雨，葬楚宮傾國。釵鈿墜處遺香澤；亂點桃蹊，輕翻柳陌，多情更誰追惜。但蜂媒蝶使，時叩窗槅。　東園岑寂，漸蒙籠暗碧。靜遶珍叢底，成歎息。長條故惹行客。似牽衣待話，別情無極。殘英小，強簪巾幘。終不似一朵，釵頭顫裊，向人欹側。漂流處，莫趁潮汐。恐斷紅尚有相思字，何由見得。

滿庭芳（夏日溧水無想山作）

周邦彥

風老鶯雛，雨肥梅子，午陰嘉樹清圓。地卑山近，衣潤費爐煙。人靜烏鳶自樂，小橋外，新綠濺濺。凭闌久，黃蘆苦竹，擬泛九江船。　年年，如社燕，飄流瀚海，來寄修椽。且莫思身外，長近尊前。憔悴江南倦客，不堪聽急管繁絃。歌筵畔，先安枕簟，容我醉時眠。

少年遊

周邦彥

并刀如水，吳鹽勝雪，纖指破新橙。錦幄初溫，獸香不斷，相對坐調笙。　低聲問：向誰行宿；城上已三更；馬滑霜濃，不如休去，直是少人行。

宋代爲詞學極盛之世，帝王、將相、釋子、羽流、婦人、孺子無不解者。今爲衆所傳誦者，特其尤著者耳。諸帝王中，徽宗尤爲文采風流。雖爲荒淫亡國之君，其文學自不可沒也。其於倚聲，實足與南唐二主媲美。世傳其《燕山亭》一詞，乃其遷北後作，促節曼聲，兩盡其妙。

燕山亭

宋徽宗

裁翦冰綃，輕疊數重，冷淡臙脂勻注。新樣靚妝，豔溢香融，羞殺蕊珠宮女。易得凋零，更多少無情風雨。愁苦，問院落淒涼，幾番春暮。　憑寄離恨重重，這雙燕何曾，會人言語。天遙地遠，萬水千山，知他故宮何處。怎不思量，除夢裏有時曾去。無據，和夢也新來不做。

北宋女詞人，則有李易安。易安名清照，自號易安居士，濟南人，格非女。嫁爲湖州守趙明誠妻，夫婦皆擅學問，長詩文，精金石，誠一代之才媛也。易安詩筆稍弱，詞則極婉秀。且亦妙解音律，所作詞，無一字不協律者，實倚聲之正宗，非徒以閨閣見稱也。

壺中天慢

李清照

蕭條庭院，又斜風細雨，重門須閉。寵柳嬌花寒食近，種種惱人天氣。險韻詩成，扶頭酒醒，別是閒滋味。征鴻過盡，萬千心事難寄。　樓上幾日春寒，簾垂四面，玉闌干慵倚。被冷香消新夢覺，不許愁人不起。清露晨流，新桐初引，多少游春意。日高煙斂，更看今日晴未。

南宋大家，當首推辛稼軒（辛棄疾，字幼安，號稼軒居士，歷城人。耿京聚衆山東，棄疾爲掌書記，勸京奉表歸宋。張安國殺京降金。棄疾趨金營，縛以歸，獻俘行在。孝宗時，以大理少卿，出爲湖南安撫。治軍有聲，德祐時，追諡忠敏），世以與東坡並稱，謂之蘇、辛，其實稼軒非坡翁之倫也。東坡之詞，似山谷之詩，非不清俊，終非當家。稼軒則含豪邈，然字字協律。譚仲修評南唐後主《簾外雨潺潺》一首曰："雄奇幽怨，乃兼二難。後起稼軒，稍倫父矣。"此自時代爲之。若以蘇、辛相較，則東坡不免稍有傖氣，稼軒則"端莊雜流麗，剛健含婀娜"矣。今錄其詞三首如下，以見一斑。

摸魚兒

更能消，幾番風雨，匆匆春又歸去。惜春長怕花開早，何況落紅無數？春且住，見說道，天涯芳草無歸路。怨春不語。算只有殷勤，畫檐蛛網，盡日惹飛絮。　長門事，準擬佳期又誤，蛾眉曾有人妒。千金縱買相如賦，脈脈此情誰訴？君莫舞，若不見玉環、飛燕皆塵土。閒愁最苦。休去倚危闌，斜陽正在，煙柳斷腸處。

永遇樂·京口北固亭懷古

千古江山，英雄無覓，孫仲謀處。舞榭歌臺，風流總被雨打風吹去。斜陽草樹，尋常巷陌，人道寄奴曾住。想當年，金戈鐵馬，氣吞萬里如虎。　元嘉草草，封狼居胥意，贏得倉皇北顧。四十三年，望中猶記，燈火揚州路。可堪回首？佛貍祠下，一片神鴉社鼓。憑誰問，廉頗老矣，尚能飯否？

菩薩蠻

鬱孤山下清江水，中間多少行人淚？西北是長安，可憐無數山。青山遮不住，畢竟東流去。江晚正愁余，山深聞鷓鴣。

劉改之（名過，廬陵人，有《龍洲詞》）當光、寧二宗時，以詩遊歷江湖。嘗客稼軒，填詞亦善為壯語。又有楊炎者，亦與稼軒相唱和。其排奡之氣，不及稼軒，而屏絕纖穠，自抒清俊，亦非凡艷可擬，此外葉夢得之《石林詞》（夢得，字少蘊，號石林，吳縣人。紹聖進士。徽宗時翰林學士。高宗時，數陳拒敵之策。嘗為江東安撫大使）、李彌遜之《筠溪樂府》（彌遜，字魯卿，吳縣人。大觀進士），亦皆豪放一派。葛勝仲（字魯卿，丹陽人。紹聖進士）常與夢得唱和，其詞格亦相出入云。

賀新郎

劉過

老去相如倦；向文君，說似而今，怎生消遣？衣袂京塵曾染處，空有香紅尚軟。料彼此魂消腸斷。一枕新涼眠客舍，聽梧桐疏雨秋風顫。燈暈冷，記初見。　樓低不放珠簾捲。晚妝殘，翠蛾狼籍，淚痕凝臉。人道愁來須殢酒，無奈愁深酒淺。但託意焦琴紈扇。莫鼓琵琶江上曲，怕荻花楓葉俱淒怨。雲萬疊，寸心遠。

賀新郎

　　　　　　　　　　　　　　葉夢得

睡起啼鶯語。掩蒼苔，房櫳向晚，亂紅無數。吹盡殘花無人見，惟有垂楊自舞。漸暝靄初回輕暑。寶扇重尋明月影，暗塵侵上有乘鸞女。驚舊恨，遽如許。　江南夢斷橫江渚。浪黏天，葡萄漲綠，半空煙雨。無限樓前滄波意，誰采蘋花寄取？但悵望蘭舟容與。萬里雲颿何時到，送孤鴻目斷千山阻。誰爲我，唱金縷。

南宋詞家，妙解音律者，無如姜白石（名夔，字堯章，鄱陽人。居吳興武康，與白石洞天爲鄰，自號白石道人）。白石師誠齋弟子蕭千巖，詩亦古雅，然不如其詞之有名。宋代詞雖可歌，而皆無譜。以人人知之，不待此也。不意年湮代遠，歌譜竟因此失傳。惟白石曲調，多由自創，故皆自注譜。今所傳《白石道人歌曲》是也。惜皆用宋時俗字，又雜以節拍符號，今人仍不能解。然宋代歌譜，獨賴此篇之存。將來音樂大昌，安知不有懸解之士，據陳編而悟其法？則此書亦可寶矣。白石詞格高秀，張叔夏稱其"如野雲孤飛，去來無迹"。讀所製《暗香》《疏影》二曲，寄意深遠，誠不媿此言也。

暗香·石湖詠梅

　　　　　　　　　　　　　　姜夔

舊時月色，算幾番照我。梅邊吹笛，喚起玉人，不管清寒與攀摘。何遜而今漸老，都忘卻春風詞筆。但怪得，竹外疏花，香冷入瑤席。　江國，正寂寂。歎寄與路遙，夜雪初積。翠尊易泣，紅萼無言耿相憶。長記曾攜手處，千樹壓西湖寒碧。又片片吹盡也，幾時見得。

疏　影

姜夔

苔枝綴玉，有翠禽小小，枝上同宿。客裏相逢，籬角黃昏，無言自倚修竹。昭君不慣胡沙遠，但暗憶江南江北。想佩環月夜歸來，化作此花幽獨。　猶記深宮舊事，那人正睡裏，飛近蛾綠。莫似春風，不管盈盈，早與安排金屋。還教一片隨波去，又卻怨玉龍哀曲。等恁時，重覓幽香，已入小窗橫幅"。

白石而外，南宋詞家著稱者，爲吳文英（字君特，號夢窗，慶元人）、史達祖（字邦卿，號梅溪，開封人）、高觀國（字賓王，山陰人）、王沂孫（字聖與，號碧山，會稽人）、張炎（字叔夏，號玉田，又號樂笑翁。俊五世孫。家於臨安。宋亡，不仕）、周密（字公謹，號草窗，又號蕭齋，濟南人。流寓吳興，亦號弁陽嘯翁。淳祐中，爲義烏令。宋亡，不仕）、蔣捷（字勝欲，號竹山，宜興人，德祐進士。宋亡，不仕）、諸家。夢窗亦南宋大家，惟其詞頗重修飾，故沈嘉泰謂其"用事下語太晦處，人不能知"。張叔夏亦謂其詞"如七寶樓臺，拆下來不成片段"。然夢窗亦非不講氣格者，觀下錄兩詞可知。不得以偏有文采，沒其所長也。

憶舊游·別黃澹翁

送人猶未苦，苦送春、隨人去天涯。片紅都飛盡，陰陰潤綠，暗裏啼鴉。賦情頓雪霜鬢，飛夢逐塵沙。歎病渴淒涼，分香瘦減，兩地看花。　西湖斷橋路，想繫馬垂楊，依舊欹斜。葵麥迷煙處，問離巢孤燕，飛過誰家。故人爲寫深怨，空壁掃秋蛇。但醉上吳臺，殘陽草色歸思賒。

唐多令

何處合成愁？離人心上秋。縱芭蕉不雨也颼颼。都道晚涼天氣好，有明月，怕登樓。　年事夢中休。花空煙水流。燕辭歸客尚淹留。垂柳不縈裙帶住，漫長是，繫行舟。

詞至白石，而句琢字鍊，始極其工。竹屋（高賓王詞，名《竹屋癡語》）、梅溪，實其羽翼。玉田稱其"格調不凡，句法挺異。俱能特立清新之意，刪削靡曼之辭"。其品格可想矣。然清代之高談北宋者頗薄之。謂白石脫胎稼軒，變雄健爲清剛，易馳驟以跌宕。看似高格，不耐細思。門徑淺狹，徒便摹放❶。史、高二家，所造又視白石爲淺。至張叔夏，則把纜放船，更無闊手段。能換字而不能換意，專在字句上著工夫。較之前人，彌爲不逮矣。案文字後起彌工，亦以工故，漸失渾涵樸厚之意，此隨世運遷流，無可如何之事。就其時而論其詞，此諸人者，固亦卓然名家也。玉田、竹山、碧山、草窗，皆當革易之時，目覩陸沈之痛，故多激楚之音。以韻致論，碧山似最勝。以魄力論，玉田實最雄也。

菩薩蠻

高觀國

春風吹綠湖邊草，春光依舊湖邊道。玉勒錦障泥，少年遊冶時。煙明花似繡，且醉旗亭酒。斜日照花西，歸鴉花外啼。

綺羅香·春雨

史達祖

做冷欺花，將煙困柳，千里偷催春暮。盡日冥迷、愁裏欲飛還住。驚粉重蝶宿西園，喜泥潤燕歸南浦。最妨他，佳約風流，鈿車不到杜陵路。　沈沈江上望極，還被春潮，晚急難尋官渡。隱約遙峯，和淚謝娘眉嫵。臨斷岸，新綠生時，是落紅，帶愁流處。記當

---

❶ "放"當爲"仿"。——編者註

日，門掩梨花，翦燈深夜語。

高陽臺

王沂孫

殘雪庭除，輕寒簾影，霏霏玉管春葭。小帖金泥，不知春是誰家？相思一夜窗前夢，奈個人水隔天遮？但淒然，滿樹幽香，滿地橫斜。江南自是離愁苦，況游驄古道，歸雁平沙。怎得銀箋，殷勤與說年華？如今處處生芳草，縱憑高不見天涯。更消他，幾度東風，幾度飛花。

解語花

周密

晴絲罥蜨，煖蜜酣蜂，重簾卷春寂寂。雨萼煙梢，壓闌干，花雨染衣紅溼。金鞍誤約，空極目天澨草色。閬苑玉簫人去後，惟有鶯知得。　餘寒猶掩翠戶，梁燕乍歸，芳信未端的。淺薄東風，莫因循，輕把杏鈿狼籍。塵侵錦瑟，殘日紅窗春夢窄，睡起折枝無意緒，斜倚秋千立。

臺城路（庚辰秋九月之北遇汪菊坡因賦此詞）

張炎

十年前事翻疑夢，重逢可憐俱老。水國春空，山城歲晚，無語相看一笑。荷衣換了。任京洛塵沙，冷凝風帽。見說吟情，近來不到謝池草。　歡遊曾步翠窈，亂紅迷紫曲，芳意多少？舞扇招香，歌橈喚玉，猶憶錢塘蘇小。無端暗惱，又幾度留連，燕昏鶯曉。回首妝樓，甚時重去好？

高陽臺（西湖春感）

張炎

接葉巢鶯，平波卷絮，斷橋斜日歸船。能幾番遊？看花又是明年。東風且伴薔薇住，到薔薇春已堪憐。更淒然，萬綠西泠，一抹荒煙。　當年燕子知何處？但苔深韋曲，草暗斜川。見說新愁，如今也到鷗邊。無心再續笙歌夢，掩重門淺醉閒眠，莫開簾，怕聽飛花，怕聽啼鵑。

賀新郎

蔣捷

夢冷黃金屋，歎秦箏，斜鴻陣裏，素絃塵撲。化作嬌鶯飛歸去，猶認紗窗舊綠。正過雨前桃如菽，此恨難平君知否？似瓊臺湧起彈碁局。消瘦影，嫌明燭。　鴛樓碎瀉東西玉，問芳蹤，何時再展，翠釵難卜。待把宮眉橫雲樣，描上生綃畫幅。怕不是新來妝束。綵扇紅牙今都在，恨無人解聽開元曲。空掩袖，倚寒竹。

南宋女子以詞鳴者，則有朱淑真。淑真，海寧人，自稱幽棲居士。所傳有《斷腸詞》一卷。前有記略一篇，稱其"匹偶非倫，弗遂素志，賦《斷腸集》十卷以自解"。則今所傳，實非完帙矣。詞極清俊。其《謁金門》一闋，實足與李易安之"簾卷西風，人比黃花瘦"抗衡也。

謁金門

朱淑真

春已半，觸目此情無限。十二闌干閒倚徧，愁來天不管。　好是風和日煖，輸與鶯鶯燕燕。滿院落花簾不卷，斷腸芳草遠。

宋代詞家，大略如此。至於總集：則有曾慥之《樂府雅詞》，黃昇之《花菴詞選》，周密之《絕妙好詞》。又有無名氏之《草堂詩餘》。《絕妙好詞》去取謹嚴，最爲世所稱道。然其廣羅遺佚，閒詳作者生平，及其詞之本事，以備後人考核之資，則諸選之爲用一也。

《草堂詩餘》，所錄甚雜，而元、明之世盛行。故其時之詞，格調頗卑。至清代，浙派及常州派繼起，乃能復續兩宋名家之緒云。

因詞之發達，而其影響遂及於戲曲。我國現在所謂舊劇者（歌舞劇），皆合動作、言語、歌唱以演一事，其起原蓋亦甚古。（張衡《西京賦》賦漢平樂觀角觝之戲曰："女媧坐而長歌，聲清暢而委蛇。洪厓立而指揮，被毛羽之襳襹。度曲未終，雲起雪飛。"則歌舞者飾爲古人形象。又曰："東海黃公，亦刀粵祝，冀厭白虎，卒不能救。"則敷衍故事矣。然未嘗合扮演與歌舞爲一也。合歌舞以演一故事者，當始於北齊。《舊唐書·音樂志》云："代面出於北齊。北齊蘭陵王長恭，才武而面美，常著假面以對敵。嘗擊周師金墉城下，勇冠三軍。齊人壯之，爲此舞，以效其指揮擊刺之容，謂之《蘭陵王入陳❶曲》。"《樂府雜錄》崔令欽《教坊記》略同。又《教坊記》云："《踏搖娘》：北齊有人，名蘇鮑鼻，實不仕，而自號爲郎中。嗜飲酗酒。每醉，輒毆其妻。妻銜悲，訴於鄰里。時人弄之，丈夫著婦人衣，徐步入場。行歌。每一叠，旁人齊聲和之，云：踏搖和來踏搖娘，苦和來。以其且步且歌，故謂之踏搖。以其稱冤，故言苦。及其夫至，則作毆鬭之狀，以爲笑樂。"此則合歌舞以演故事，雖未足語於後世之劇，而實後世歌舞劇之所本矣。）而其用詞曲以敍事，則實自宋人始，此不可謂非戲劇之一進化也。王國維《宋元戲曲史》云："宋人之詞，皆徒歌而不舞，其歌亦以一闋爲率（間有重叠一曲，以詠一事者。如歐陽公之《采桑子》，凡十一首。趙德麟之《商調蝶戀花》，凡十首。一述西湖之勝，一詠會眞之事，亦皆徒歌不舞。）其有歌舞相兼者，則謂之傳踏（亦作轉踏、纏達）。北宋傳

---

❶ "陳"疑爲"陣"。——編者註

踏，率以一曲重疊歌之，以一首詠一事，若干首則詠若干事。間有合若干首以詠一事者，如《樂府雅詞》所載鄭僅之《調笑轉踏》，卽其一例。"

調笑轉達

鄭僅

良辰易失，信四者之難並。佳客相逢，實一時之盛會。用陳妙曲，上助清歡，女伴相將，調笑入隊。

秦樓有女字羅敷，二十未滿十五餘。金環約腕擕籠去，攀枝折葉城南隅。使君春思如飛絮，五馬徘回芳草路。東風吹鬢不可親，日晚蠶飢欲歸去。　歸去，擕籠女。南陌春愁三月暮。使君春思如飛絮。五馬徘徊頻駐。蠶飢日晚空留顧，笑指秦樓歸去。

石城女子名莫愁，家住石城西渡頭。拾翠每尋芳草路，採蓮時過綠蘋洲。五陵豪客青樓上，醉倒金壺待清唱。風高江闊白浪飛，急催艇子操雙槳。　雙槳，小舟蕩。喚取莫愁迎疊浪，五陵豪客青樓上，不道風高江廣。千金難買傾城樣，那聽繞梁清唱。

繡戶朱簾翠幕張，主人置酒宴華堂。相如年少多才調，消得文君暗斷腸。斷腸初認琴心挑，公絃暗寫相思調。從來萬曲不關心，此度傷心何草草。　草草，最年少。繡戶銀屏人窈窕。瑤琴暗寫相思調，一曲關心多少？臨邛客舍成都道，苦恨相逢不早。（此三曲分詠羅敷、莫愁、文君，尚有九曲詠九事，文多略之。）

新詞宛轉遞相傳，振袖傾鬟風露前。月落烏啼雲雨散，游人陌上拾花鈿。

此詞前爲句隊詞，次以一詩一曲相間，終以放隊詞。其後句隊詞變爲引子；曲前之詩，改用他曲；放隊詞變爲尾聲。元劇中正宮套曲體例，實自此出。又有所謂曲破者，裁大曲入破以後用之，亦藉以演故事。如史浩《鄮峯真隱漫錄》之"劍舞"即是。（其樂有聲無辭，舞者一象鴻門會之項伯，一象公孫大娘。舞之先，別由一人以儺語表明之。）大曲之名，肇於南北朝，傳於宋者，為胡樂大曲。其徧數至於數十，宋人裁截用之。大曲徧數既多，用以敘事自便。故宋人詠事多用焉。但其舉動皆有定則，欲以演一故事甚難。故現存宋人大曲，皆敘事體而非代言體。仍為歌舞之一種，而非戲劇也。其創於宋世者，則有所謂諸宮調，為孔三傳所創。（王灼《碧雞漫志》云："熙寧、元豐間，澤州孔三傳，始創諸宮調古傳。士大夫皆能誦之。"《夢粱錄》云："說唱諸宮調。昔汴京有孔三傳，編成《傳奇》《靈怪》，入曲說唱。"《東京夢華錄》，紀崇、觀以來瓦舍技藝，有孔三傳、耍秀才諸宮調。《武林舊事》載諸色伎藝人諸宮調傳奇，有高郎婦等四人。《宋元戲曲史》云："金董解元之《西廂》即此體。本書卷一《太平賺詞》云：'比前賢樂府不中聽，在諸宮調裏却著數。'其證一也。元凌雲翰《柘軒詞》，有《定風波詞》，賦《崔鶯鶯傳》云：'翻殘金舊日諸宮調本，纔入時人聽。'其證二也。此書體例，求之古曲，無一相似，獨元王伯成《天寶遺事》，見於《雍熙樂府》《九宮大成》所選者，大致相同。而元鍾嗣成《錄鬼簿》，於王伯成條下注云：'有《天寶遺事諸宮調》，行於世。'其證三也。"）謂之諸宮調者，以其合若干宮調以詠一事也。（大曲傳踏等，不過一曲，其同在一宮調可知。）大曲傳踏等，用固有之曲以敘事，此則因敘事而製曲，其便於用，自不待言；宋金雜劇，後亦用之。（《宋史·樂志》言"真宗不喜鄭聲，而或為雜劇詞，未嘗宣布於外。"《夢粱錄》二十云："向者汴京教坊大使孟角球，曾做雜劇本子。董守誠撰四十大曲。"則北宋確有戲曲。惟其體裁如何，已不可知。《武林舊事》載官本雜劇，多至二百八十本。其中用大曲者百有三；法曲者四；諸宮調者二；普通詞調者三十有五。則南宋雜劇，殆皆以歌曲演之。然其中亦有北宋之作，如朱彧《萍洲可談》云："王迴，美姿容，有才思，少年時不甚持重，閒爲狎邪輩所誣，播入樂府。今《六么》所歌《奇俊王家郎》者，乃迴也。元豐初，蔡持正舉之，可任監司，神宗忽云：'此乃奇俊王家郎乎。'持正叩頭請罪。"趙彥衛《雲麓漫鈔》卷十云："王迴，字子高。舊有周瓊姬事，胡徽之爲作傳，或用其傳作《六么》"。而此所載，有王子高《六么》一本，又有《三爺老大明樂》《病爺老劍器》二本。爺老，疑即《遼史》之拽剌，乃北宋與遼盟聘時輸入之語也。《遼史·百官志》：走卒謂之"拽剌"。至元而變爲代言體；敘事全用科白，即成現在之戲曲已。（宋人樂曲，不限一曲者，諸宮調之外，又有賺詞，亦見《宋元戲曲史》。以上論戲曲，皆據《宋元戲曲史》中有關宋代者，撮敘大要。如欲詳其前後因果，宜參讀原書。）

第六章　宋代之小說

　　駢散文與詩，皆爲宋代之貴族文學。詞雖可歌，其辭句亦不盡與口語相合。然當時自有以白話著書者。其大宗爲儒、釋二家之"語錄"及"平話"。語錄與文學無涉，而平話則爲平民文學之大宗。

　　白話文之興，由來甚久。近人《中國大文學史》曰："語錄亦俗體文字之一種，其始不僅問學言理之語。宋倪思有《重明節館伴語錄》一卷，蓋紹熙二年七月，金遣完顏袞路伯達來賀重明節，思爲館伴，記問答之語，而成是書。馬永卿《嬾眞子》，載蘇老泉與二子同讀富鄭公《使北語錄》。則知語錄之名，北宋已有。蓋當時士夫，以奉使伴使，爲邦交大事，故有所語，必備錄之，以上朝廷。後遂沿爲記錄之一體。儒家因之，而有語錄，《宋史·藝文志》所載《程頤語錄》之類是也。釋家亦因之，《宋志》所載《僧慧忠語錄》之類是也。《宋志》又有朱宋卿、徐神翁《語錄》一卷，則道家亦襲其名矣。學者不知，譏宋儒誤襲釋家之名，是未詳考也。"又近人《中國小說史略》曰："用白話作書者，實不始於宋。清光緒中，敦煌千佛洞藏經顯露，大抵運入英、法。中國亦拾其餘，藏京師圖書館。書爲宋初所藏，多佛經。而內有俗文體故事數種，蓋唐末五代人鈔：如《唐太宗入冥記》《孝子董永傳》《秋胡小說》，在倫敦博物館;《伍員入吳故事》,在中國某氏;惜未能目覩,無以知其與後來小說之關係。以意度之,則俗文之興,當由二端:一爲娛心,一爲勸善。而尤以勸善爲大宗。故上列諸書,多關懲勸。京師圖書館,亦尚有俗文《維摩》《法華》等經及《釋迦八相成道記》《目蓮入地獄故事》也。"案語體文之興,其原有二:(一)求所記之逼眞;(一)求盡人之能解。而此二者,實其所以成爲平民文學之由。蓋以古語道今情,終苦其不能盡達,故長於古典文學者,其想像力必極強。以其達意述事,皆與今人習用之語言異。必想像力極強,乃能知其所用古語中,苞含❶現代何等情景也。此種想像力,實非盡人所能具。故讀古文者,往往茫然不知其何謂,而其意味何在,更不必論矣。此白話文之所由興也。

　　語體文雖爲平民文學之良好工具。然其始起,僅以求所記之逼眞,期盡人之能解,則尚未足語於文學;以文學不僅有其外形,必兼有其實質也。故眞正之平民文學,必待諸平話之興。

　　平話即今人所謂白話小說。以白話爲小說,則成眞正平民文學矣。以小說爲文學,而白話小說,則爲平民文學也。小說之作,其境必屬於虛構;而其所以虛構此境者,則由於美而不由於善;乃足爲眞正之文學。我國此等作品,實至唐代始有之。(胡應麟《筆叢》曰:"變異之談,盛於六朝。然多是傳錄舛譌,未必盡幻設語,至唐人,乃作意好奇,假小說以寄筆端。")然仍與述故事,志異聞者夾雜。宋代此等書,作者亦夥。其最早者,當推徐鉉之《稽神錄》(此書亦采入《太平廣記》)。次則吳淑之《江淮異人錄》。(淑字正儀,丹陽人,鉉之壻也。南唐進士,歸宋,仕至職方員外郎。此書

---

❶ "苞含"今作"包含"。——編者註

明人所作《劍俠傳》多采之。）又次則張君房之《乘異記》（晁公武云："志鬼神變怪之書。凡十一門，七十五事。"君房，安陸人。景德進士，卽編《雲笈七籤》者），張師正之《括異記》（師正嘗擢甲科。熙寧中，爲寧州帥。王銍云，此書實魏泰所撰。泰尚有《志怪集》《倦游錄》，亦託名師正。詳見陳振孫《書錄解題》、邵伯溫《聞見錄》），宋庠之《楊文公談苑》（楊億里人黃鑑所撰，本名《南陽談藪》，庠刪其重複，易此名），聶田之《祖異志》，秦再思之《洛中記異》（晁公武云："記五代宋初讖應雜事"），畢仲詢之《幕府燕間錄》（晁公武云："記當代怪奇之事"），郭彖之《睽車志》等（彖，字次象，歷陽人，嘗知興國軍事。此書取《易》睽卦"載鬼一車"之語爲名）。皆雜載怪異，兼有寓意之作者。（其全係甄錄舊聞者，當入野史類。純以勸懲爲旨者，亦不可謂之文學。舊時書目，皆以入小說，實非也。）其託諸故事者：則有樂史之《綠珠傳》《楊太眞外傳》（樂史，字子正，撫州宜黃人。自南唐入宋，卽撰《太平寰宇記》者）；秦醇之《趙飛燕別傳》《驪山記》《溫泉記》《譚意歌傳》（前三篇託諸漢、唐，譚意歌則當時倡也。秦醇，字子復，一作子履，亳州譙人，此四篇爲其所作，見劉斧《青瑣高議》）；尚有不知何人作之《大業拾遺記》（一名《隋遺錄》）、《開河記》《迷樓記》（皆託隋煬事）、《海山記》（名見《青瑣高議》）、《梅妃傳》（跋謂"大中二年寫，藏朱遵度家。今惟予及葉少蘊有之。"少蘊，夢得字，則此書南渡後物也），其體皆仿唐人。而其收輯最廣者，則當推太宗時官纂之《太平廣記》及洪邁所撰之《夷堅志》（甲至癸二百卷，支甲至支癸一百卷，三甲至三癸一百卷，四甲四乙二十卷，凡四百二十卷，陳振孫謂"其晚歲急於成書，妄人多取唐記中舊事，改竄首尾，別爲名字以投之。至有數卷者，

139

亦不復刪潤，逕以入錄"云）。要之前代小說，實以記佚事，志怪異爲大宗。而寓意之作，則起於其後，而與之相雜。宋代士夫所作，固猶不越此範圍也。而白話小說，乃突起於平民社會之中。

平話之始，實由口說。《東坡志林》云："王彭嘗云：塗巷中小兒薄劣，其家所厭苦，輒與錢，令聚坐聽說古話。至說三國事，聞劉玄德敗，頻蹙眉，有出涕者。聞曹操敗，卽喜，唱快。"洪邁《夷堅志》，謂："呂德卿偕其友出嘉令門外茶肆中坐，見幅紙用帖其尾云：今晚講說《漢書》。"郎瑛《七修類稿》云："小說起宋仁宗時，國家閒暇，日欲進一奇怪之事以娛之。故小說得勝頭回之後，卽云話說趙宋某年云云。"《古今小說》（見下）《序》云："南宋供奉局，有說話人，如今說書之流"。《今古奇觀》（見下）《序》云："至有宋孝皇，以天下養太上。命侍從訪民間故事，日進一回，謂之說話人。而通俗演義，乃始盛行。"是宋時所謂說書者，宮禁及民間，俱有之也。或曰："唐段成式《酉陽雜俎》曰：'予太和末，因弟生日，觀雜戲。有市人小說，呼扁鵲作褊鵲，字上聲。'（續集四貶誤）李商隱《驕兒詩》云：或謔張飛胡，或笑鄧艾吃。亦卽宋時所謂說書者。"則唐時已有之矣。要不若宋之盛耳。

此等講說，有演前代之事者，亦有演當世之事者。孟元老《東京夢華錄》卷五，謂當時京瓦技藝，有霍四究說三分，尹常賣《五代史》，此與《志林》《夷堅志》所述，皆演前代之事者也。吳自牧《夢粱錄》卷二十，謂有王六大夫，於咸淳間，敷衍《復華篇》及《中興名將傳》，聽者紛紛。此與《七修類稿》所述，皆演當代之事者也。《夢華錄》舉其目：曰小說，曰合生，曰說諢話，曰說三分，曰說五代史。《夢粱錄》則分爲四家：曰小說，一名銀字兒，如煙粉、靈怪、傳奇、公案、朴刀、杆棒、發跡、變態之事。曰談經，謂演說佛書。說參講者，謂賓主參禪悟道等事。又有說諢經者，曰講史書，謂講說歷代書史文傳，興廢戰爭之事。曰合生，"與起今隨今相似，各占一事也"。灌園耐得翁《都城紀勝》，亦分說話爲四家：曰小說，曰說經說參，曰說史，曰合生。又分小說爲三科：一銀字兒，如煙粉、靈怪、傳奇。一說公案，如搏拳、提刀、趕棒❶及發跡、變態之事。一說鐵騎兒，謂士馬、金鼓之事。周密《武林舊事》六則，分四家：一演史，二說經諢經，三小說，四說諢話，而無合生。合生者，高承《事物紀原》九云："《唐書·武平一傳》：平一上書：比來妖伎胡人，於御坐之前，或言妃主情貌，或刊王公名質，詠歌舞蹈，名曰合生。始自王公，稍及閭巷，今人亦謂之唱題目云云。"則實兼有歌舞。《宋元戲曲史》，謂金院本中，有所謂題目院本者，即唱題目之略也。然則比而觀之，宋時說話，其流有五：（一）說史事者，如三分五代之類是；說本朝中興名將者，亦當屬此。（二）說無稽之事者，是曰小說。又分三類：（甲）煙粉、靈怪、傳奇。（乙）搏拳、刀槍、杆棒、發跡、變態。（丙）士馬、金鼓。（三）談經說參，亦或雜以諢語，則所謂說諢經，蓋自唐以來，佛教盛行，故其勸懲警戒之言，亦爲人所樂聽也。（四）說諢話，古雜劇之類。（五）則合生也。宋時說話，頗多雜以談唱者。《堯山堂外紀》云："杭州瞽女，唱古今小說評話，謂之陶眞。"《七修類稿》云："閭閻淘眞之本起，亦曰：太祖、太宗、眞宗帝，四祖神宗有道君。國初瞿存齋過汴之詩，有陌頭盲女無愁恨，能撥琵琶說趙家，皆指宋也。"案陸務觀詩曰："斜陽衰柳趙家莊，負鼓盲翁正作場。身後是非誰管得？滿邨聽說蔡中郎。"則雖鄉僻之地，亦有之矣。近

---

❶ "趕棒"當爲"杆棒"。——編者註

人《元劇略述》云："金章宗時，有董解元者，作《西廂搊彈詞》，至今仍在。此詞唱時，手彈三絃，故曰搊彈，又曰《絃索西廂》，亦曰《諸調宮詞》。"此蓋今彈詞之祖，疑與古合生有關。又有雜以搬演者：一爲傀儡，一爲影戲。宋時傀儡，種類最繁，有懸絲傀儡、走線傀儡、杖頭傀儡、藥發傀儡、肉傀儡、水傀儡等。見《東京夢華錄》《武林舊事》《夢粱錄》。《夢華錄》載京瓦伎藝，有影戲，有喬影戲。《事物紀原》云："宋朝仁宗時，市人有能談三國事者。或采其說，加緣飾，作影人。始爲魏、吳、蜀三分戰爭之象。"《夢粱錄》云："凡傀儡，敷衍煙粉、靈怪、鐵騎、公案、史書、歷代君臣將相故事話本，或講史，或作雜劇，或如崖詞。大抵多虛少實。"又云："有弄影戲者。元汴京初，以素紙彫簇。自後人巧工精，以羊皮彫形，以彩色裝飾，不致損壞（案此種影戲，今日仍有之）。其話本與講史書者頗同，大抵眞假相半。公忠者彫以正貌，奸邪者刻以醜形，蓋亦寓褒貶於其間耳。"此則又與戲劇相出入矣。

說話在當時，雖有上述之分類。然至後世，則統名其書爲小說，蓋其所說，皆以娛情爲主，以文學論，性質實屬同科，故可統以一名也。《武林舊事》，謂當時說小說者，有所謂雄辯社，則其人亦自有團結。《夢粱錄》謂其人有話本，蓋其師師相傳之舊。此等原用爲說話之底本，非以供娛情者之目治，然歲月久而分化繁，遂亦成爲可以閱讀之書矣。此近世白話小說之緣起也。

《永樂大典》所收平話，今皆不傳。錢曾《也是園藏書目》卷十，著錄宋人詞話十六種：曰《燈花婆婆》，曰《種瓜張老》，曰《紫羅蓋頭》，曰《女報冤》，曰《風吹轎兒》，曰《錯斬崔寧》，曰《小亭兒》，曰《西湖三塔》，曰《馮玉梅團圓》，曰《簡帖和尚》，曰《李煥王五陳雨》，曰《小金錢》，曰《宣和遺事》（四卷），曰

《煙粉小說》（四卷），曰《奇聞類記》（十卷），曰湖海奇聞（二卷）。其中惟《宣和遺事》一種，黃丕烈刻入《士禮居叢書》中。最近繆荃孫避難滬上，聞親串妝奩中有舊鈔本書，類乎平話，假而得之。首行題《京本通俗小說》第幾卷，凡三冊，皆有錢曾圖章，蓋亦也是園所藏，乃刻入《煙畫東堂小品》中。其書原若干卷不可知，今存者，自十卷至十六卷，卷爲一事：曰《碾玉觀音》，曰《菩薩蠻》，曰《西山一窟鬼》，曰《志誠張主管》，曰《拗相公》，曰《錯斬崔寧》，曰《馮玉梅團圓》。皆敍近事，或采之他說部，爲後來古今小說等所本。尚有《金主亮荒淫》兩種，以過穢褻未刻，後葉德輝刻之。

《宣和遺事》，衆皆知爲《水滸傳》所本。近人《中國小說史略》云："書分前、後二集，始於稱述堯、舜，而終以高宗定都臨安，案年敍述，體裁甚似講史。惟節錄成書，未加融會，故先後文體，致爲參差。灼然可見其剽取之書，當有十種。前集先言歷代帝王荒淫之失者其一，蓋猶宋人講史之開篇。次敍王安石變法之禍者其二，亦北宋末士論之常套。次述安石引蔡京入朝，至童貫、蔡攸巡邊者其三。首一爲語體，次二爲文言，而並雜以詩者。其四，則梁山濼聚義本末。其五，爲徽宗幸李師師家，曹輔進諫，及張天覺隱去。其六，爲道士林靈素進用，及其死葬之異。其七，爲臘月預賞元宵，及元宵看燈之盛。皆平話體。後集始自金人來運糧，至京城陷，爲第八種。又自金兵入城，帝后北行受辱，以至高宗定都臨安，爲第九、第十種。即取《南燼紀聞錄》及《續錄》，而小有刪節。"案平話之始，大抵綴輯舊聞，裨講演者有所依據。其事實率多取自野史。至如何捏造增飾，以動聽者興味之處，則出於講演者所自爲。（就今日最通行之《三國演義》觀之，猶可見此等遺迹。《三國演義》敍事,有極簡質,竟如史書者。惟關羽復歸劉備,及赤壁戰事之前後等,捏造增飾之處最多。蓋講說最多,逐漸增造者也。至此則漸成文學矣。)故但就其底本觀之,頗有足資依據者。(《三國演義》卽如此。間有一二無據者,頗疑彼實有據,今日書闕有間,吾儕轉無從知之矣。)卽如《宣和遺事》,謂宋江收方臘有功,封節度使。舊本《水滸傳》皆同。至金人瑞,始刪其七十一回以後,俞萬春作《蕩寇志》,乃謂宋江等或死或誅。讀者遂多以舊說為不經。然據近人所撰《宣和遺事考證》,則宋江平方臘,確有其事。(《十朝綱要》:"宣和三年,六月,辛丑,辛興宗興❶宋江破賊上苑洞。《北盟會編》載《童貫別傳》謂:"貫將劉延慶、宋江等討方臘。"楊仲良《長編紀事本末》:"宣和三年,四月,戊子,童貫與王稟等分兵四圍包幫源洞。而王渙統領馬公直并禆將趙明、趙許、宋江次洞後。")而李師師下場,此書所述,亦較他書為可信。(《李師師外傳》云:"金人破汴京,主將欲得李師師。張邦昌蹤迹之以獻,師師折金簪吞之死。"此蓋好事者所臆造,《宣和遺事》謂"師師嫁作商人婦,不知所終。"又引劉屏山"輦轂繁華事可傷,師師垂老過湖湘。縷衫檀板無顏色,一曲當年動帝王"一絕,謂為師師所自作。案以此詩為師師自作雖誤,然屏山之言,必有所據。則師師蓋嫁作商人婦,而流落於湖湘之間,其後事遂不可知也。)則不惟可作文學書讀,抑且有禆考證矣。《小說史略》謂"文中有呂省元《宣和講篇》及南儒《詠史詩》,省元南儒,皆元代語,則此書或出於元人;或宋時舊本,而元時又有增益,皆不可知"。案此書今本究成於何時難斷,然其內容,十九必出於宋人,則無疑矣。

❶ "興"當為"與"。——編者註

第六章　宋代之小說

宋代話本，傳於今者，又有《五代史平話》，梁、唐、晉、漢、周各二卷（缺梁、漢下卷）。皆以詩起，以詩結。今本小說之首尾用詩詞者，蓋沿其體也。又有《大唐三藏法師取經記》，凡三卷。羅振玉從日本三浦將軍借印宋刊本。日本又有一本，題《大唐三藏取經詩話》，名異而書實同。此書凡分十七章，今所見小說之分章回者，當以此爲最古矣。章各有詩，故又題詩話也。卷末有一行，曰中瓦子張家印。張家者，宋時臨安書鋪也，《中國小說史略》云："元時張家或亦無恙，則此書爲元人撰未可知。"然撰集卽出元人，內容亦必宋代之遺矣。

宋代平話原本，或元刻本，存於今者，具如前述。其爲明人所輯刻者，則有《古今小說》及《三言》。此四書今皆存於日本。今據日本鹽谷溫所撰《明代通俗短篇小說》一文，略述其梗概如下。（原文見日本《改造雜誌現代支那號》。日本內閣文庫，又有元刊本平話。自《武王伐紂書》至《三國志》，凡五十種，惜未知其內容。）

《古今小說》，爲明代書賈天許齋所刻。其題言曰："小說如《三國》《水滸傳》，稱巨觀矣。其有一人一事，可資談笑者，猶雜劇之於傳奇，不可偏廢也。本齋購得古今名人演義一百二十種，先以三分之一爲初刻云云。"又有綠天館主人《序》，謂："南宋供奉局有說話人，如今說書之流。茂苑野史氏，家藏古今通俗小說甚富。因賈人之請，抽其可嘉惠里耳者，凡四十種，裒爲一刻。"則此書實茂苑野史所藏也。其後版歸藝林衍慶堂。於是有三言之刻。三言者：首曰《喻世明言》。今本僅二十四篇。其二十一與《古今小說》同，而三篇出於《古今小說》之外（然此三篇，又二與《恒言》重，一與《通言》重），亦題《增補古今小說》。次曰《警世通言》，刻於

145

天啟甲子。次曰《醒世恆言》，刻於天啟丁卯。各四十篇。《通言》有豫章無礙居士《序》，謂"出平平閣主人手授"。然《明言識語》曰："綠天館初刻《古今小說》十種，見者侈爲奇觀，聞者爭爲擊節。而流傳未廣，閣置可惜。今板歸本坊，重加校訂，刊誤補遺，題曰《喻世明言》云云。"《恆言》亦有《識語》，曰："本坊重價購求《古今通俗演義》一百二十種。初刻爲《喻世明言》，二刻爲《警世通言》。茲刻爲《醒世恒言》，并前刻共成完璧。"明此三者，皆天許齋所輯之舊。平平閣主人，蓋校訂之人，而非藏書之人也。此書由來，當出《茂苑野史》，而其纂輯則出馮猶龍。三言遞嬗而爲《拍案驚奇》及《今古奇觀》。《拍案驚奇》有即空觀主《序》謂："宋元時有小說家一種，語多俚近，意存勸諷。龍子猶所輯《喻世》諸言，頗存雅道，時著良規。"《今古奇觀》有松禪老人《序》，謂："墨憨增補《平妖》，窮工極變，不失本末。至所纂《喻世》《醒世》《警世》諸言，舉世態人情之岐，備悲歡離合之致云云。"《平妖》者，具曰《三遂平妖傳》，記諸葛遂、馬遂、李遂平王則事。蓋亦宋代講本，馮氏爲之增補者。前有張无咎《序》云："吾友龍子猶所補。"而首葉題名，則曰："馮猶龍先生鑒定。"龍子猶者，馮猶龍之假姓名；墨憨齋則其別號也。猶龍，名夢龍，長州人。崇禎中，由貢生選授壽寧知縣。著有《春秋衡要別本》《春秋大全》《智囊》《智囊補》《古今談概》《墨憨齋定本傳奇》三種：曰《量江記》，曰《新灌園》，曰《酒家傭》。（《中國小說史略》云："有《七樂齋詩稿》。朱彝尊《明詩綜》，謂其善爲啟顏之辭，間入打油之調，不得爲詩家。然擅詞曲，有《雙雄記傳奇》，又刻《墨憨齋傳奇》定本十種。其中《萬事足》《風流夢》《新灌園》皆已作。又嘗勸沈德符以《金瓶梅》付書坊版行而不果。見《野獲編》卷二十五。"）《三言》纂輯，蓋皆出其手。此《三言》中，存宋、元人作蓋不少。故《古今小說》綠天館主人《序》、《拍案驚奇》即空觀主《序》，皆引宋、元故事以爲言。據鹽谷溫所核，則《通言》《恆言》，與《系本通俗小說》同者甚多。（《通言》第四卷《抝相公飲恨半山堂》，同《系本通俗小說・抝相公》；第七卷《陳可常端陽遷化》，同《菩薩蠻》；第八卷《崔待詔生死冤家》同《碾玉觀音》；十二卷《范鰍童雙僮團圓》同《馮玉梅團圓》；十四卷《一窟鬼癩道人除怪》同《西山一窟鬼》；十六卷《張主管志誠脫奇禍》同《志誠張總管》。《恆言》第二十三《金海陵縱欲亡身》同《金主亮荒淫》。而三十三卷《十五貫戲言成巧禍》同《錯斬崔寧》。）即其一證。馮氏殆保存宋代短篇小說之功臣矣。《拍案驚奇》爲即空觀主所輯。即空觀者，凌濛初之別號。濛初，烏程人。字稚成。著有《聖門傳詩嫡冢言》《詩翼》《詩逆》《國門集》等書。此書初刻三十六卷。二刻三十九卷，附錄《宋公明鬧元宵雜劇》一卷。鹽谷溫謂《三言》及《拍案驚奇》兩刻，實爲短篇小說五大寶庫，足與長篇之四大奇書《三國演義》《水滸傳》《西游記》《金瓶梅》對峙云。案宋代短篇小說，存於今，略無改動者，今日所知尚少。就即徑後人改易，亦仍可想像其原形。更能分別其改易之甚與不甚，互相對勘，尤足見白話小說之朔，與後來之白話小說，同異如何，實可考小說進化之迹也。《三言》及《拍案驚奇》，遞嬗而爲《今古奇觀》，爲現在極通行之書。鹽谷氏嘗就《今古奇觀》與《三言》等重複者，列舉其名。讀者未易得《三言》等書，取《今古奇觀》中此諸篇觀之，亦可想見宋代短篇小說之大概也：

三孝廉讓產立高名（《恆言》二）
兩縣令競義塓孤女（《恒言》一）

滕大尹鬼斷家私（《古今小說》十、《明言》三）

裴晉公義還原配（《古今小說》九、《明言》十三）

杜十娘怒沉百寶箱（《通言》三十二）

李謫仙醉草嚇蠻書（《通言》六）

賣油郎獨占花魁（《恆言》三）

灌園叟晚逢仙女（《恆言》四）

轉運漢巧遇洞庭紅（《拍案驚奇》一）

看財奴刁賣寃家主（《拍案驚奇》三十五）

吳保安棄家贖友（《古今小說》八、《明言》二十一）

羊角哀舍命全交（《古今小說》七）

沈小霞相會出師表（《古今小說》四十）

宋金郎團圓破氈笠（《通言》二十二）

盧太學詩酒傲公侯（《恆言》二十九）

李汧公窮邸遇俠客（《恆言》三十）

蘇小妹三難新郎（《恆言》十一）

劉元竝雙生貴子（《拍案驚奇》二十）

俞伯牙摔琴謝知音（《通言》一）

莊子休鼓盆成大道（《通言》二）

老門生三世報恩（《通言》十八）

鈍秀才一朝交泰（《通言》十七）

蔣興哥重會珍珠衫（《古今小說》一、《明言》四）

陳御史巧勘金釵鈿（《古今小說》二、《明言》二）

徐老僕義憤成家（《恆言》二十五）

蔡小姐忍辱報讎（《恆言》三十六）

錢秀才錯占鳳凰儔（《恆言》七）

第六章　宋代之小說

　　筆記體文言小說，在古代實用以志瑣事，廣異聞，至唐乃有寓意之作，而仍與前二者相雜，宋代因之，說已見前。然宋小說亦有與唐異者。大抵唐小說崇尚詞采，而不甚借此以說理；其記事，亦不如宋小說之質。此由唐爲駢文盛行之時，宋爲散文盛行之時也（摹擬唐人之作，文體亦與唐同。如《綠珠傳》等是。然此等在宋代甚鮮）。清代蒲松齡之《聊齋志異》，爲唐小說體；紀昀之《閱微草堂筆記》，則宋小說體也。白話小說體與通行之《水滸傳》等同，但描寫不如後來之工耳。

　　白話小說，進化之途有二：一則眞實之言愈少，而捏造妝點之言愈增。如《五代史平話》開端之時，先述歷代興亡大略，語皆眞實。而獨於三國時云："劉季殺了項羽，立著國號曰漢。只因疑忌功臣，如韓王信（當作韓信）、彭越、陳豨之徒，皆不免族滅誅夷。這三個功臣，抱屈銜冤，訴於天帝。天帝可憐見三個功臣，無辜被戮，令他每三個，託生做三個豪傑出來。韓信去曹家託生，做著個曹操。彭越去孫家托生，做著個孫權，陳豨去那宗室家託生，做著個劉備。這三個分了他的天下。"則言甚荒唐矣。蓋由按照眞事實講演，不足動聽者之興故也。此等趨勢，降而彌甚，而小說遂爲滿紙荒唐言矣。然此正小說之所以成爲文學也。二則口語之成分日減，目治之成分日增。小說原於口說，後乃變爲目治之物，前文亦已明之。口舌筆札，勢不能盡相符合。於是專供目治之小說，與備說書人之用之底本，機勢亦日趨變異。如《碾玉觀音》一篇，欲敍咸安郡王遊春，先舉昔人詩詞十餘首。次乃云："說話的因甚說這春歸詞？紹興年間，行在有個關西延州延安府人，本身是三鎭節度使，咸安郡王。當時怕春歸去，將帶著許多鈞眷游春。"其初之連舉詩詞，在口說時，蓋兼有吟誦之意味。至於目治則令人悶損矣。故此等處，後來

149

之小說遂漸少。又過於繁雜或細密之事，口不能敍。因聽者不易明，且易忘也。《三國演義》於東諸侯討卓時，列舉諸鎮之名。於孔明造木牛流馬，則詳述其製法。蓋以供說書者之參證而已，非逕以此向聽者陳說也。故古代小說中，此等繁雜細密處甚少。然至後世，則漸多，如《蕩寇志》之奔雷車等是也。此可云小說與民衆相離日遠；亦因小說進化，所苞含者愈廣，述事愈細，而文體益縝密也。小說進化之端甚多，此兩端，爲其犖犖大者。讀宋代小說，可以此觀之。

編後記

本書由羅常培的《漢魏六朝專家文研究》與呂思勉的《宋代文學》拼合而成。

羅常培（1899~1958年），字莘田，號恬庵，北京人，滿族。羅常培是我國近現代著名的語言學家。1919年畢業於北京大學中文系，又在哲學系學習兩年。曾任北京第一中學校長、西北大學教授、中央研究院歷史語言研究所研究員、北京大學教授、西南聯合大學中文系主任等職。1950年，籌建中國科學院語言研究所（即今中國社會科學院語言研究所），並出任第一任所長。曾擔任《中國語文》總編輯、中國文字改革委員會委員、普通話審音委員會委員等。曾參與制訂《中文拼音方案》的討論，創辦了北京大學語言專修科。

呂思勉（1884~1957年），字誠之，江蘇常州人，漢族。呂思勉是我國近現代"史學四大家"之一，12歲後便開始熟讀史書，瞭解中國歷史。16歲開始飽讀古史典籍。1905年開始，先後在東吳大學、江蘇省立第一師範專修科等校任教。1926年起，任上海光華大學國文系、歷史系教授兼系主任。1951年後，任華東師範大學歷史系終生教授。

羅常培雖是著名的語言學家，但他的《漢魏六朝專家文研究》是從語言學和文學兩個方面來對漢魏六朝時期的文章進行解讀與分析，其論述的範圍涵蓋史學、文學。既有對文章淵源及其發展的闡述,又有對文章中關於如何遣詞造句的分析,此外還對文章的文學性展開討論。呂思勉的《宋代文學》分爲六章,分別對古文、駢文、詩、詞曲和小說展開分析與討論,論文學中足見其深厚的史學功底。上述兩種書,雖是小書,卻是獨到而精深,兩位學者都截取了中國文學史上的一段來深入展開探討,足爲今天的學界後輩參考與借鑒,也可爲當代的文學愛好者閱讀與學習。

本社此次印行,以獨立出版社1945年出版的《漢魏六朝專家文研究》和商務印書館1931年出版的《宋代文學》爲底本進行整理再版。在整理過程中,首先,將底本的豎排版式轉換爲橫排版式,並對原書的體例和層次稍作調整,以適合今人閱讀;其次,在語言文字方面,基本尊重底本原貌等,與今天的現代漢語相比較,這些詞彙有的是詞中兩個字前後顛倒,有的是個別用字與當今有異,無論是何種情況,它們總體上都屬於民國時期文言向現代白話過渡過程中的一種語言現象,爲民國圖書整體特點之一。對於此類問題,均以尊重原稿、保持原貌、不予修改的原則進行處理;再次,在標點符號方面,於民國時期的標點符號的用法與今天現代漢語標點符號規則有一定的差異,並且這種差異在一定程度上不適宜今天的讀者閱讀,因此在標點符號方面,以尊重原稿爲主,並依據現代漢語語法規則進行適度修改,特別是對於頓號和書名號的使用,均加以注意,稍作修改和調整,以便於讀者閱讀和理解;最後,對於原書在內容和知識性上存在的一些錯誤,此次整理者均以"編者註"的形式進行修正或解釋,最大可能地消除讀者的困惑。

文　茜

2015年9月

《民國文存》第一輯書目

紅樓夢附集十二種	徐復初
萬國博覽會遊記	屠坤華
國學必讀（上）	錢基博
國學必讀（下）	錢基博
中國寓言與神話	胡懷琛
文選學	駱鴻凱
中國書史	查猛濟、陳彬龢
林紓筆記及選評兩種	林紓
程伊川年譜	姚名達
左宗棠家書	許嘯天句讀，胡雲翼校閱
積微居文錄	楊樹達
中國文字與書法	陳彬龢
中國六大文豪	謝無量
中國學術大綱	蔡尚思
中國僧伽之詩生活	張長弓
中國近三百年哲學史	蔣維喬
段硯齋雜文	沈兼士
清代學者整理舊學之總成績	梁啟超
墨子綜釋	支偉成
讀淮南子	盧錫烓

國外考察記兩種	傅芸子、程硯秋
古文筆法百篇	胡懷琛
中國文學史	劉大白
紅樓夢研究兩種	李辰冬、壽鵬飛
閒話上海	馬健行
老學蛻語	范橒
中國文學史	林傳甲
墨子閒詁箋	張純一
中國國文法	吳瀛
四書、周易解題及其讀法	錢基博
老學八篇	陳柱
莊子天下篇講疏	顧實
清初五大師集（卷一）·黃梨洲集	許嘯天整理
清初五大師集（卷二）·顧亭林集	許嘯天整理
清初五大師集（卷三）·王船山集	許嘯天整理
清初五大師集（卷四）·朱舜水集	許嘯天整理
清初五大師集（卷五）·顏習齋集	許嘯天整理
文學論	［日］夏目漱石著，張我軍譯
經學史論	［日］本田成之著，江俠庵譯
經史子集要畧（上）	羅止園
經史子集要畧（下）	羅止園
古代詩詞研究三種	胡樸安、賀楊靈、徐珂
古代文學研究兩種	羅常培、呂思勉
巴拿馬太平洋萬國博覽會要覽	李宣龔
國史通略	張震南
先秦經濟思想史二種	甘乃光、熊夢
三國晉初史略	王鍾麒

清史講義（上）	汪榮寶、許國英
清史講義（下）	汪榮寶、許國英
清史要略	陳懷
中國近百年史要	陳懷
中國近百年史	孟世傑
中國近世史	魏野疇
中國歷代黨爭史	王桐齡
古書源流（上）	李繼煌
古書源流（下）	李繼煌
史學叢書	呂思勉
中華幣制史（上）	張家驤
中華幣制史（下）	張家驤
中國貨幣史研究二種	徐滄水、章宗元
歷代屯田考（上）	張君約
歷代屯田考（下）	張君約
東方研究史	莫東寅
西洋教育思想史（上）	蔣徑三
西洋教育思想史（下）	蔣徑三
人生哲學	杜亞泉
佛學綱要	蔣維喬
國學問答	黃筱蘭、張景博
社會學綱要	馮品蘭
韓非子研究	王世琯
中國哲學史綱要	舒新城
中國古代政治哲學批判	李麥麥
教育心理學	朱兆萃
陸王哲學探微	胡哲敷

認識論入門	羅鴻詔
儒哲學案合編	曹恭翊
荀子哲學綱要	劉子靜
中國戲劇概評	培良
中國哲學史（上）	趙蘭坪
中國哲學史（中）	趙蘭坪
中國哲學史（下）	趙蘭坪
嘉靖御倭江浙主客軍考	黎光明
《佛游天竺記》考釋	岑仲勉
法蘭西大革命史	常乃悳
德國史兩種	道森、常乃悳
中國最近三十年史	陳功甫
中国外交失敗史（1840~1928）	徐國楨
最近中國三十年外交史	劉彥
日俄戰爭史	呂思勉、郭斌佳、陳功甫
老子概論	許嘯天
被侵害之中國	劉彥
日本侵華史兩種	曹伯韓、汪馥泉
馮承鈞譯著兩種	伯希和、色伽蘭
金石目錄兩種	李根源、張江裁、許道令
晚清中俄外交兩例	常乃悳、威德、陳勛仲
美國獨立建國	商務印書館編譯所、宋桂煌
不平等條約的研究	張廷灝、高爾松
中外文化小史	常乃悳、梁冰弦
中外工業史兩種	陳家錕、林子英、劉秉麟
中國鐵道史（上）	謝彬
中國鐵道史（下）	謝彬

中國之儲蓄銀行史（上）	王志莘
中國之儲蓄銀行史（下）	王志莘
史學史三種	羅元鯤、呂思勉、何炳松
近世歐洲史（上）	何炳松
近世歐洲史（下）	何炳松
西洋教育史大綱（上）	姜琦
西洋教育史大綱（下）	姜琦
歐洲文藝雜談	張資平、華林
楊墨哲學	蔣維喬
新哲學的地理觀	錢今昔
德育原理	吳俊升
兒童心理學綱要（外一種）	艾華、高卓
哲學研究兩種	曾昭鐸、張銘鼎
洪深戲劇研究及創作兩種	洪深
社會學問題研究	鄭若谷、常乃悳
白石道人詞箋平（外一種）	陳柱、王光祈
成功之路：現代名人自述	徐悲鴻等
蘇青與張愛玲	白鷗
文壇印象記	黃人影
宋元戲劇研究兩種	趙景深
上海的日報與定期刊物	胡道靜
上海新聞事業之史話	胡道靜
人物品藻錄	鄭逸梅
賽金花故事三種	杜君謀、熊佛西、夏衍
湯若望傳（第一冊）	［德］魏特著，楊丙辰譯
湯若望傳（第二冊）	［德］魏特著，楊丙辰譯
摩尼教與景教流行中國考	馮承鈞

楚詞研究兩種	謝無量、陸侃如
古書今讀法（外一種）	胡懷琛、胡樸安、胡道靜
黃仲則詩與評傳	朱建新、章衣萍
中國文學批評論文集	葉楚傖
名人演講集	許嘯天
印度童話集	徐蔚南
日本文學	謝六逸
齊如山劇學研究兩種	齊如山
俾斯麥傳（上）	[德] 盧特維喜著，伍光建譯
俾斯麥傳（中）	[德] 盧特維喜著，伍光建譯
俾斯麥傳（下）	[德] 盧特維喜著，伍光建譯
中國現代藝術史	李樸園
藝術論集	李樸園
西北旅行日記	郭步陶
新聞學撮要	戈公振
隋唐時代西域人華化考	何健民
中國近代戲曲史	鄭震
詩經學與詞學 ABC	金公亮、胡雲翼
文字學與文體論 ABC	胡樸安、顧蓋丞
目錄學	姚名達
唐宋散文選	葉楚傖
三國晉南北朝文選	葉楚傖
論德國民族性	[德] 黎耳著，楊丙辰譯
梁任公語粹	許嘯天選輯
中國先哲人性論	江恆源
青年修養	曹伯韓
青年學習兩種	曹伯韓

青年教育兩種	陸費逵、舒新城
過度時代之思想與教育	蔣夢麟
我和教育	舒新城
社會與教育	陶孟和
國民立身訓	謝無量
讀書與寫作	李公樸
白話書信	高語罕
文章及其作法	高語罕
作文講話	章衣萍
實用修辭學	郭步陶
古籍舉要	錢基博
錢基博著作兩種	錢基博
中國戲劇概評	向培良
現代文學十二講	［日］昇曙夢著，汪馥泉譯
近代中國經濟史	錢亦石
文章作法兩種	胡懷琛
歷代文評選	胡雲翼